Die wundersamen Erlebnisse des PVC Neumann, August H. und Wo-Tan

© 2019 Volker Kuhnen

Herstellung und Verlag:

BoD - Books on Demand, Norderstedt

ISBN 9 783750 440197

Die
wundersamen Erlebnisse des
PVC Neumann, August H. und Wo-Tan

Eine phantastische Geschichte

Geschrieben und gezeichnet von Volker Kuhnen

1. Kapitel

PVC Neumann, im Juni

Die Überfahrt ist angenehm und verläuft in ruhigen Bahnen. Die See ist glatt und friedlich, der Himmel betörend blau. Am Abend zeigen sich Wolken am Horizont, die schnell heraufziehen. Ihre Färbung reicht von Weiß über Blaugrau bis zu Schwarz. Ihre Formen, die sich teilweise scharfkantig gegen den Himmel abzeichnen, an anderen Stellen diffus aufgelöst sind, befinden sich im ständigen Wandel. Dramatisch und majestätvoll beherrschen die  bizarren Wolkengebirge den Horizont. Über uns wölbt sich der von hellem Gelb zu dunklem Rot verlaufende Himmel in unfassbarer Tiefe.

Ergriffen lasse ich meinen Blick über die Weite des Wassers, auf dem sich das himmlische Schauspiel widerspiegelt, gleiten und einmal mehr empfinde ich die Schönheit und Erhabenheit des Meeres. Häufig kommt mir, im Angesicht der See, C. D. Friedrichs Bild des Mönches am Meer in den Sinn - der Mensch eine kleine Anmerkung in der unbegreiflichen Dimension der Schöpfung.

Wo-Tan allerdings sieht das anders. Gelangweilt schaut sie mich mit ihren warmen Augen an.

Längst sind wir in P., unserem Etappenziel, angekommen. Wir haben uns dort ausgeruht, Erkundungen eingeholt und unsere Ausrüstung ergänzt. Es waren ruhige, unaufgeregte Tage.

Am frühen Morgen brechen wir auf, um zu unserem Ziel zu gelangen, dem Fluss, auf dem wir dann weiter ins Landesinnere vordringen wollen.

Passierbare Landwege gebe es nicht, wurde uns versichert, und die Karte scheint die Aussage zu bestätigten, wenn man ihr Glauben schenken darf.

Unser Zielort ist am Fluss gelegen und so liegt es ja auch nahe, ihn über das Wasser zu erreichen.

Nach mehreren Tagen auf staubigen Wegen gelangen wir endlich ans Ufer des Flusses. Froh sind wir, die öde Landschaft hinter uns gelassen zu haben und vor uns das dahinstrebende Wasser zu erblicken.

Der Weitertransport auf demselben erzeugt in uns allerdings größtes, ich möchte sagen, allergrößtes Erstaunen und ... Furcht.

Wir und unser Gepäck werden auf Krokodile verfrachtet!

Vor uns, unweit des Ufers, schwimmen die imposanten Echsen gemächlich im Fluss herum oder liegen dösend im Schilf, das träge im schwülen Wind hin und her schwankt. Ein Einheimischer, der Führer unserer kleinen Expedition, tritt ans Ufer und ruft die Tiere mit einer Folge schwach modulierter Töne, die er einem flötenähnlichen Instrument abtrotzt.

Ich bin in den letzten Jahren, infolge meiner Nachforschungen, ziemlich viel herumgekommen und habe einiges gehört, was man der Kategorie Musik zuordnen kann. Diese Folge von Tönen befremden, besser gesagt, befeinden jedes menschliche Ohr und das an klassischer Opernmusik sich erfreuende allemal. Selbst unser Krokodilbläser verzieht bei jedem Ton sein Gesicht und scheint erleichtert, als seine Signale die Krokodile erreichen. Langsam aber zielstrebig kommen sie herübergeschwommen und sammeln sich vor uns am Ufer.

Eine weitere grauenvolle Tonfolge veranlasst die Tiere, sich auf den Rücken zu drehen. Ihre Bäuche prangen uns hell aus dem moorigen Wasser entgegen.

Geschwind werden die Tiere beladen und wir entfernen uns vom Ufer in die Mitte des Stromes. Unsere Flotte besteht aus fünf Krokodilen. Jedes wird von einem Krokodillenker geführt.

Natürlich ist es äußerst befremdlich und scheint absurd, auf dem Bauch eines so gewaltigen und so furchterregenden Tieres einen Fluss hinaufzufahren. Ich musste meinen ganzen Mut zusammennehmen und es kostete mich die größte Überwindung, auf den Bauch des Tieres zu steigen. August erging es ebenso. Es half uns, dass die Krokodillenker sich als erste auf die Tiere begaben und sich ungezwungen, so, als ob sie in einem Ruderboot wären, vorne auf die breite Brust der Tiere hockten. Die Selbstverständlichkeit, mit der sie diesen gefährlichen Reptilien begegnen, befremdet und verwundert zugleich. Wie andere Menschen Kamele treiben, so führen sie Krokodile.

Langsam ebbt die Angst in mir ab und allmählich verblasst ein wenig das Aussergewöhnliche unserer Situation. Nach geraumer Zeit gelingt es mir, meine furchterzeugte Aufmerksamkeit von dem Tier, auf dem ich sitze, zu lösen und meinen Blick der Umgebung zu überlassen.

Ich betrachte den Flusslauf mit seinen Ufern, die undurchdringlich zugewachsen sind. Hohes Schilf, Seerosen und viele Wassergräser bewuchern den Saum des langsam dahinfließenden Flusses. Immer wieder ragen Teile abgestorbener Bäume aus den trüben Fluten und strecken ihre Äste wie Finger uns entgegen. Schlingpflanzen verweben Büsche und Bäume zu einem dichten Geflecht, einer unüberwindbaren Wand gleich.

„Der Fluss scheint hier wirklich die einzige Möglichkeit zu sein, voranzukommen", überlege ich und denke an die uns gegenüber gemachte Aussage, dass es keine passierbaren Landwege gebe. Dann schweift mein Blick zurück auf den Bauch meines Krokodils und dabei kommt mir in den Sinn, dass es Zeiten gab, in denen für die Damenwelt Handtaschen aus Krokodilleder gefertigt wurden.

Wir gleiten lautlos flussaufwärts dahin, immer in der Mitte des Flusses. Während der gesamten Zeit schauen die Krokodile uns still mit ihren kleinen Augen freundlich an oder blicken verträumt zum Himmel hinauf, an dem sich kleine, weisse Wolken wie Wattetupfer tummeln. Damit sind die Tiere voll und ganz beschäftigt.

Da sie den Fluss nicht mehr auf gewohnte Weise wahrnehmen, vergessen sie, so hat es den Anschein, ihre natürliche Bestimmung. Von selbst kommen sie offenbar nie auf den Gedanken - ich kann mich nicht daran erinnern, jemals ein Krokodil in Rückenlage schwimmen gesehen zu haben - sich umzudrehen und somit die Welt aus einem anderen Blickwinkel zu betrachten. Man schwimmt eben gerne im bewährten Strom der Gewohnheit, was ja auch meist von Vorteil ist.

Ab und zu legen unsere Krokodillenker ihr Ohr auf den Bauch des jeweiligen Tieres und horchen eine Zeit lang angespannt mit geschlossenen Augen. Eine drohende Gefahr besteht darin, dass die Tiere sich, ohne Vorwarnung, einfach umdrehen. Das kann, wie jedem einsichtig ist, fatale Auswirkungen auf die ordnungsgemäße Fortführung der Reise haben. Weckt nämlich der Hunger die Echsen aus ihrem Spiel, für sie ist es ein fröhliches Spiel, folgen sie ihrer Krokodilnatur und aus dem Fahrzeug wird das Reptil.

Zum Glück wussten wir von all dem nichts. Erst später erfuhren wir von derartigen Vorkommnissen, bei denen nicht selten die gesamte Reisegesellschaft verspeist worden war.

Seitdem meiden wir Krokodile als Wasserfahrzeuge.

PVC, 15. Juli

Wir langen in S.12, einer kleinen Ansiedlung am Fluss, an. Es ist Mittag. Die Sonne steht senkrecht über uns. Wir sind erleichtert, die Krokodile verlassen zu können und besonders Wo-Tan scheint darüber sehr froh zu sein. Freudig läuft sie am Ufer auf und ab und bellt lauthals in das tiefe Dunkel des Waldes, der dicht an den Fluss heranreicht. Auf dem engen Uferstreifen zwischen Wasser und Wald drängen sich fünf hölzerne Hütten, die die Siedlung bilden. Sie sehen ziemlich verwahrlost aus und machen nicht gerade den stabilsten Eindruck. August äußert die Hoffnung, hier nicht lange bleiben zu müssen.

In der größten Hütte, alle stehen auf Pfählen, finden wir Unterschlupf. Hier wollen wir auf die Person warten, die uns, wie verabredet, auf unserem weiteren Weg führen soll. Den Briefwechsel mit dem Vermittler führe ich bei mir und lese nochmals die Anweisungen.

Die Bewohner unserer kargen Hütte bekommen wir nur selten zu Gesicht. Jeden Morgen stellen sie etwas Essbares, meist verschiedenartigen Fisch, vor unsere Tür. Wasser schöpfen wir selber für uns aus dem Fluss. Die Leute sind uns gegenüber sehr zurückhaltend und August meint, etwas Lauerndes in ihren Blicken zu entdecken. Auch mir sind sie unangenehm. Bei unserer Ankunft hatten wir ihnen weisungsgemäß eine bestimmte Summe Geld für unsere Einquartierung gegeben.

Da wir die Insassen der anderen Hütten als ebenso undurchdringlich befinden, verlassen wir den uns zugewiesenen Teil unserer Hütte nur selten. Kommt es zu einer Begegnung mit den Bewohnern, knurrt Wo-Tan ständig.

Die Tage verstreichen. Feuchte Hitze lastet auf uns. Nur gegen Abend, wenn ein leichter Wind durch die Öffnungen und die lose gefügten Hölzer ins Innere unserer Behausung dringt, ist es einigermaßen erträglich. Das Warten auf den uns unbekannten Führer führt langsam zu einer angespannten Situation.

„Wir sind betrogen worden", knurrt August grimmig, „wir sitzen hier hoffnungslos fest und sind diesen zwielichtigen Leuten auf Gedeih und Verderb ausgeliefert.

Das geht nicht gut. Wir sollten weg von hier, irgendwie, bevor etwas passiert."

Ich schaue auf den Wald, der dunkel und schweigend uns gegenübersteht und versuche, August zu beruhigen, ihn auf andere Gedanken zu bringen. „Es dauert sicherlich nur noch eine kurze Zeitspanne bis wir

abgeholt werden und diesen ungastlichen Ort verlassen", sage ich zu August gewendet und bemühe mich, Zuversicht in meine Stimme zu legen.

PVC, 18. Juli

Noch immer keine Spur von unserem unbekannten Führer. Die Ungewissheit lastet auf uns, wächst von Tag zu Tag und meine positive Sicht beginnt sich langsam zu trüben. Quälend vergeht ein Tag nach dem anderen.

Um uns abzulenken, haben wir aus herumliegenden Holzstücken, Steinen und anderen Fundsachen Schachfiguren verfertigt und auf dem Fussboden ein begehbares Spielfeld eingeritzt. Die einzelnen Felder sind mit schwarzem und rotem Schlamm, den wir aus dem Fluss geholt haben, eingefärbt. Das Spiel hilft, die Zeit zu verkürzen und unsere trüben Gedanken, zumindest für eine kurze Zeit, zu verdrängen. Allerdings hintertreibt Wo-Tan unser Spiel. In unbeobachteten Augenblicken vertauscht sie Figuren und spielt die dea ex machina.

PVC, 22. Juli

August hat inzwischen eine Leidenschaft für das Schachspiel entwickelt. Schon morgens fordert er mich zu einer Partie. Seine Spielweise ist sehr unorthodox und kaum berechenbar. Es dauert oft ziemlich lange, bis er eine Figur setzt.

Diese Zeitspanne ist, so wie ich es bemerkt zu haben glaube, nicht die Folge angespannten Nachdenkens mit dem Ziel, nach Analyse der gegebenen Figurenkonstellation eine Strategie, einen Schlachtplan zu entwickeln oder nur die nächste Figur zu setzen, nein, er spielt ohne Plan, ohne jegliche Vorausschau, ohne analytische Überlegungen. Er spielt auch nicht auf meine Züge reagierend. Ich glaube, er wartet auf eine innere Stimme, auf ein inneres Bild, welches ihm sagt, wohin welche Figur zu setzen ist. Im Grunde, so könnte man sagen, spiele ich gar nicht gegen August, sondern gegen einen imaginären Spieler, dessen Vollstrecker August ist.

Während der Zeitspanne des Wartens auf den zu vollziehenden Spielzug sitzt er regungslos am Rand des Schachfeldes mit einem stillen, nach innen gewendeten, selbstzufriedenen Lächeln, das mich, ich gestehe es ein, ein wenig wütend macht.

Ich meine nämlich einen leichten Anflug von Überheblichkeit in seinem Gesicht zu entdecken, wenn er so dasitzt und durch mich durchschaut und dann auf einmal seine Figur setzt. Er setzt, wendet sich zu mir und lächelt mich an ... und der Zug ist gut, ziemlich gut.

PVC, 23. Juli

Wo-Tan zeigt sonderbares Verhalten. Sie liegt zusammengerollt in einer Ecke und gibt leise, fiepende Geräusche von sich. Obwohl sie fast regungslos daliegt, verbreitet sie Unrast.

PVC, 24. Juli

Wieder warte ich auf den Schachzug von August. Wo-Tan liegt unruhig in ihrer Ecke. Ich wende mich ab und schaue durch die kleine Fensteröffnung zum nahen dunklen Wald. Die Sonne wirft ihr helles Licht auf die Bäume mit ihrem gebrochen grünen Laub. Die Luft steht zitternd im Schatten des dichten Laubdaches. Still steht der Wald, regungslos und unergründlich.

Auf einmal habe ich den Eindruck, dass der Waldboden sich bewegen würde. Es scheint mir, als ob eine breiige Masse sich ausdehnte, zusammenzöge, verharrte und wieder in Bewegung geriete. Der Erdboden wirkt wie ein hingestreckter animalischer Körper, der sich hebt und senkt, der unruhig atmet. Angestrengt schaue ich ins Dunkel des undurchdringlichen Waldes. Ein kleiner, hell glänzender Fleck wird sichtbar und ich meine, eine Gestalt zu erkennen. Eine menschliche Gestalt, die sich zwischen den Bäumen hindurchbewegt.

Ich spüre meinen Herzschlag und Erleichterung. Endlich kommt sie, die Person, derentwegen wir hier in dieser bedrückenden Öde von S.12 ausharren.

„Aufgepasst August!", rufe ich, mich umwendend, „unsere langersehnte Person kommt."

August setzt seine Schachfigur. Sein Läufer steht jetzt bedrohlich und dann tritt er zu mir ans Fenster.

Was wir beide erblicken, ist unfassbar und erfüllt uns mit Schrecken. Die schemenhafte Gestalt mit dem hellen, glänzenden Fleck bewegt sich langsam auf die Siedlung zu. Der Boden um sie herum befindet sich in Aufruhr. Er webt und wabert - er lebt. Er zuckt, weicht zurück, dringt vor, blinkt auf und verliert sich im Dunkel, um dann erneut hervorzudringen. Es ist eine bewegliche, lebendige Masse, die den Waldboden bedeckt und auf die fünf armseligen Hütten zudrängt. Entsetzt erkennen wir ein Meer von Leibern, das zum Fluss hinbrandet, direkt auf uns zu. Kaum haben wir uns aus unserer Erstarrung gelöst, erreichen die ersten Tiere S.12. Wie eine Flutwelle umströmen sie die hölzernen Behausungen. Schwankend stehen die maroden Hütten im Meer der Leiber. Als die ersten Tiere durch die Fugen und Öffnungen bei uns eindringen, jault Wo-Tan auf. Wir drängen uns in äußerster Furcht und Entsetzen aneinander, August, Wo-Tan und ich.

Die Tiere, rattenähnlich mit blitzenden Augen und gebleckten Zähnen, rücken vor, direkt auf uns zu. Es ist ein widerwärtiges Heer, das kein Erbarmen kennt. Wir halten uns fest, Schachfiguren als Waffe in der Hand, Wo-Tan zwischen unseren Beinen. August hält die Dame zum Schlag bereit, ich den König. Wir werden kämpfen, bis wir untergehen.

Kurz bevor die Bestien uns erreichen, geschieht etwas völlig Unerwartetes: Die Tiere mit ihren spitzen Zähnen, starren Augen und dem widerwärtigen Schwanz drehen ab. Sie umfließen uns. Eine unsichtbare Mauer hält sie von uns fern. Es ist, als ob sie sich fürchten würden, unser Schachfeld, in dessen Mitte wir angstvoll verharren, zu betreten. Wie ein magischer Ort, eine Tabuzone, wirkt unser Spielplan mit seinen roten und schwarzen Feldern auf die besinnungslose Masse dieser unheimlichen Tiere.

Eine unbegreifliche Gewalt hindert sie, reisst sie zurück. So umfluten die Bestien unseren heiligen Hain, bis sie sich nach wenigen Minuten in den Fluss stürzen. Hinter sich: Verwüstung!

Es dauerte eine lange Zeit, oder war es nur ein Augenblick, bis wir uns besannen? War das alles nur ein Traum, ein Albtraum? Ein Rausch, der unserer gereizten Phantasie entsprungen ist?

Erschöpft fallen wir nieder und erinnerungsloser Schlaf umfängt uns.

PVC, 25. Juli

Als wir erwachen, steht die Sonne hoch am wolkenlosen Himmel. Die Zerstörung um uns herum lehrt uns, dass wir nicht geträumt haben. Wir sind allein, die Bewohner von S.12 verschwunden, das unheimliche Heer mit seinem Anführer vom Erdboden verschluckt.

PVC, 26. Juli

Den gestrigen Tag haben wir damit zugebracht, aus den Trümmern ein Floß zu bauen.

PVC, 27. August

Viele Tage trieben wir auf unserem Floß flussabwärts, bis wir in W. anlangten. August hatte großes Geschick gezeigt, mit bloßen Händen Fische zu fangen, die wir roh aßen. Wasser war ja im Überfluss vorhanden. Da wir durch den Überfall unsere gesamte Ausrüstung eingebüßt hatten, kamen wir sehr heruntergekommen in W. an.

Inzwischen haben wir uns von den Strapazen erholt und unsere Zuversicht und unseren Tatendrang wiedergewonnen.

Was in S.12 geschah, ist uns unerklärlich.

2. Kapitel

Wo-Tan, 21. August

Wie schön ist es doch in W. Wenn ich an die Tage auf dem wackeligen Floß denke und an das Fressen, jeden Tag rohen Fisch, dann wird mir im Nachhinein noch mulmig. Jetzt schmeckt mir das Fressen. Stets bekomme ich von den beiden etwas sehr Schmackhaftes vorgesetzt. Aber das allein ist es nicht, was mir gute Laune verschafft: PVC 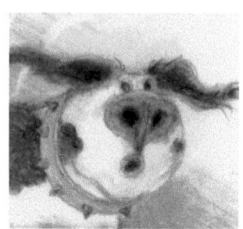 und August sind froher Stimmung und haben wieder zu ihrer gewohnten Natur gefunden!

Mir hat der lebensbedrohliche Überfall der ekeligen Viecher in S.12 ebenfalls fürchterlich zugesetzt, aber das ist nun vorbei. Die beiden jedoch haben alle ihre Sachen verloren und, was wohl noch schlimmer ist, ihr Plan ist gescheitert. Worin der besteht, weiß ich allerdings nicht so genau. Jedenfalls sind die beiden so wie früher. Sie spielen mit mir, nehmen mich mit in die Stadt und auf längere Spaziergänge in die Umgebung.

Auch Hunde gibt es in der Nachbarschaft mit denen ich mich austausche und spiele. Besonders gefällt mir eine große Artgenossin, die hellbraunes, langes Fell besitzt und eine helle Schnauze. Mit ihr tobe ich gerne und wir erzählen uns vieles.

Wo-Tan, 24. August

In den letzten Tagen hat sich in mir der Verdacht festgesetzt, dass wir beobachtet werden. Beim Spielen mit meiner Freundin habe ich eine Person gesehen, die zu den Fenstern unseres Hauses gelugt hat. Und zwar nicht so, wie Menschen nun mal gucken, wenn sie auf der Straße unterwegs sind. Nein, die hat richtig spioniert!

PVC Neumann, 2. September

Wir wollen einen Ausflug zu einer bekannten Klosteranlage unternehmen, die wir schon häufiger besucht haben. Das Wetter ist angenehm und da ich in den vergangenen Tagen viel über unsere gescheiterte Expedition und das weitere Vorgehen nachgedacht habe, verspüre ich den Drang rauszugehen, um den Kopf freizubekommen. Außerdem will ich ein wenig zeichnen und da bietet das Kloster einen willkommenen Anreiz, zumal mich selbstverständlich die Anlage immer wieder interessiert.

Es verhält sich ja so, dass beim wiederholten Betrachten eines komplexen Gegenübers die Wahrnehmung sich verändert. Je häufiger etwas angeschaut wird, desto weniger ist die Wahrnehmung darauf aus zu abstrahieren. Ihre vordringliche Aufgabe ist es, ein Gegenüber auf sein Wesentliches hin zu verdichten unter Ausblendung unwesentlicher Merkmale. Die Dinge werden so als Ganzes erfasst, um sie einordnen und beurteilen zu können. Das gilt natürlich besonders für Unbekanntes. Ist man dagegen mit einem Gegenüber vertraut, schwindet die Tendenz zur Abstraktion, die Wahrnehmung wird freier und dadurch wird das Subjekt in die Lage versetzt, Dinge wahrzunehmen, die es vorher gar nicht oder nicht auf diese Art wahrgenommen hat. Allerdings muss das Subjekt Sehfreude und Seherfahrung besitzen.

Wo-Tan, 2.September.

Wir laufen ziemlich lange am Fluss entlang, stromabwärts. Der bequeme Weg folgt dem Fluss, der schnell dahinfließt. Er ist eingezwängt zwischen der steilen Felswand auf unserer Seite und dem Berg auf der anderen.

Viel zu schnuppern gibt es nicht, aber dafür habe ich ein kleines Bad im Wasser genommen. Richtig schwimmen durfte ich nicht. August rief mich immer zurück.

Er hatte Bedenken wegen der Strömung. Das Tal wird jetzt enger. Auf einmal, nach einer starken Biegung des Flusses, sehen wir vor uns einige große Gebäude, das Kloster. PVC hält an, holt sein Skizzenbuch aus der Tasche und zeichnet. Aber nicht etwa das Kloster, sondern das Flusstal mit seinen steilen Felswänden. Das sei sehr malerisch, sagt er.

Die Klosteranlage besitzt einen mit großen Bäumen bestandenen Innenhof, in dem Tische und Stühle aufgestellt sind. Viele Besucher haben dort Platz genommen, essen und trinken und genießen bei dem herrlichem Wetter den Blick auf das bunte Treiben ringsum. Man schaut auf die Leute, erfreut sich an den alten Bäumen, in deren Ästen Vögel sich munter tummeln, wenn sie nicht gerade dabei sind, unter den Tischen und Stühlen nach Kuchenstückchen zu suchen. Man erfreut sich an der Architektur, die den Rahmen für das ungezwungene Geschehen bildet und die wesentlich zu der angenehmen Atmosphäre beiträgt.

PVC unterläßt es selbstverständlich nicht, uns Unwissende über bestimmte Eigenschaften der Gebäude aufzuklären.

Es ist nicht so, dass ich die Unterweisungen nicht mag, aber im Moment interessiere ich mich mehr für die Person, die drei Tische weiter im Schatten der riesigen, alten Linde sitzt und uns beobachtet.

„... Gebrüder Asam ...", höre ich PVC sagen, als die Person aufsteht und den Innenhof verläßt.

Wo-Tan, 3. September

Am Abend liege ich auf meiner Matte. Draußen ist es bereits dunkel, als es an der Tür klopft. PVC steht vom Schreibtisch auf und öffnet langsam, gedankenversunken die Tür. Ich erschrecke. Vor der Tür steht der Spion. Ich knurre, um PVC zu warnen, aber wie so oft werde ich nicht verstanden. „Treten Sie doch bitte näher", höre ich PVC sagen und er öffnet weit die Tür.

Lächelnd nickt der Spion und betritt dann forsch unsere Wohnung. Ich muss eingestehen, dass die Frau ganz nett aussieht, als sie an mir vorüber PVC zum Tisch folgt. Aber was hilft es, Spion bleibt Spion. Ich werde sie keinen Augenblick unbeobachtet lassen.

Nachdem sie der Aufforderung sich zu setzen gefolgt ist, lässt sie einige Augenblicke bedeutungsvoll verstreichen und unterbreitet dann PVC schnörkellos, dass sie die Person sei, auf die wir in S.12 vergeblich gewartet hätten.

Überrascht hebt PVC seinen Kopf und schaut ungeduldig, voller Erwartung die Spionin an. Den Auftrag, uns zu führen, fährt diese mit einem kaum merklichen Lächeln fort, habe sie auf geheimnisvollem Wege von einer ihr unbekannt gebliebenen Person erhalten. Sie sei sehr generös bezahlt worden. Da sie nichts Anrüchiges dabei gefunden habe, zwei Personen und einen Hund, die sich auf einer wissenschaftlichen Expedition befänden, durch ein ihr bekanntes Gebiet zu geleiten, schließlich sei sie Jägerin, habe sie den Auftrag angenommen. Allerdings sei sie kurz vor dem vereinbarten Termin, fuhr sie nach einer Pause fort, durch mehrere, unvorhersehbare Ereignisse daran gehindert worden, rechtzeitig S.12 zu erreichen. Dort habe sie dann nur Verwüstung angetroffen.

Nach langen, zeitintensiven Nachforschungen habe sie unsere Spur bis hierher verfolgt. Jetzt sei sie hier, um ihren Auftrag zu erfüllen. Sie biete sich an, uns zu führen.

Ich glaube von dem Gehörten kein Wort - aber PVC.

Wir verlassen W. in aller Frühe. Ich will besonders wachsam sein, habe ich mir vorgenommen und unsere Führerin nicht aus den Augen lassen. Mag sie noch so freundlich aussehen mit ihrem federbestückten Hut und ihren langen Haaren, sie ist eine Spionin und Spione sehen nie verschlagen aus. Spione täuschen durch ihr Äußeres und durch ihr freundliches Verhalten.

Wir folgen dem Fluss ein weites Stück und wenden uns dann in westliche Richtung. Schweigsam folgen wir der Spionin. Als erste ich, dann PVC und zuletzt August.

Fünf Tage sind wir bereits unterwegs. Als wir uns wieder einmal zur Rast niederlassen, meint die Spionin, dass sie noch den Weg erkunden müsse.

Sie steht auf, nimmt ihr Gewehr und verläßt uns, wie sie es schon mehrfach getan hat. Dieses Mal jedoch kommt in mir großes Misstrauen auf und ich beschließe, der Spionin zu folgen. Nach einigen Augenblicken pirsche ich ihr vorsichtig hinterher. Ich habe den Eindruck, dass sie sehr genau weiß, wohin sie läuft. Zielstrebig marschiert sie durch den Wald, dessen alte, knorrige Bäume hoch in den Himmel ragen und dessen Blätterdach die Sonne fernhält. Sie durchquert eine größere Lichtung und dringt dann in ein dichtes Gebüsch ein, das sich vor einer steil aufragenden Felswand ausbreitet. Langsam folge ich ihrer Spur. Meine Nase tief auf den Boden gerichtet, arbeite ich mich durch das enge Geflecht von Pflanzen und Felsbrocken.

Als ich kurz innehalte und meinen Blick aufrichte, sehe ich direkt vor mir eine grimmige, aus dem Fels geschlagene Fratze. Ihr aufgerissener Rachen ist von undurchdringlicher Dunkelheit. Mir graust, aber nach kurzem Zögern wage ich mich vorwärts in die abgrundtiefe Finsternis des Schachts.

Langsam gewöhnen sich meine Augen an das Dunkel, das mich umfängt. Vorsichtig taste ich mich vorwärts. Schritt für Schritt, den schwächer werdenden Geruch der Spionin in der Nase. Nach einiger Zeit meine ich, immer besser sehen zu können. Ist es so, dass meine Augen, einer Eule gleich, ungeahnte Leistungen vollbringen oder sind es die Felswände, die eine kaum merkliche Helligkeit verströmen? Wenige Augenblicke später wird mir klar, dass es der Fels ist, von dem ein zarter Schimmer ausgeht. Die undurchdringliche Masse des Gesteins wird lichter und bekommt eine schwach milchig leuchtende Oberfläche von anwachsender Helligkeit. Ich komme jetzt schneller voran.

Bald erscheint der Schacht wie ein transparenter, in den Berg führender Tunnel, der nicht nur zunehmend heller, sondern auch weiter wird. Seine Begrenzungen leuchten zart von innen heraus und nehmen kristalline Struktur an. Nach einer scharfen Biegung befinde ich mich unmittelbar und völlig überraschend in einem betörend hellen Raum von beeindruckender Größe.

Der Raum ist vollständig aus Kristallen gebildet, die weißgelb von innen strahlen und alles in ein sanftes, schillerndes, geheimnisvolles Licht tauchen. Scharfkantig schichten sich große Kristallblöcke in die Höhe, andere stoßen von oben in den Raum herab. Irritiert und gebannt stehe ich in diesem Saal der magischen Kristalle, geblendet von seiner phantastischen Schönheit und nie geschauter Faszination. Verwirrt starre ich umher. Da sehe ich sie.

Auf einem riesigen Kristallblock, einem Altar gleich, steht die Spionin - regungslos, ihr Kopf von hellen, leuchtenden Flecken umtanzt. Sie lächelt. Sie lächelt mich an. Jetzt hebt sie langsam und weihevoll ihren rechten Arm und unter symphonischen Klängen stürzen vom Himmel Kristalle auf mich herab. Das Märchen von der Gold- und der Pechmarie schießt mir in den Sinn.

Bevor ich die Besinnung verliere, sehe ich zwei Kristallhügel neben mir, die wie zwei leuchtende Gräber aussehen und etwas in sich zu bergen scheinen.

PVC, 3. September

August und ich hatten in den vergangenen Tagen versucht, uns Klarheit über die Ereignisse in S.12 zu verschaffen. Dabei beschäftigte uns neben der Tatsache, dass unser Führer nicht erschienen war, vor allem die Frage nach den verheerenden Geschehnissen mit dem rattenähnlichen Massenheer und der unheimlichen Person mit dem leuchtenden Fleck. Wer war das? Was waren das für Tiere? War es Zufall, dass wir betroffen wurden oder galt der Angriff gezielt uns? Sollte, was uns unwahrscheinlich und kaum denkbar erscheint, tatsächlich uns der Angriff gegolten haben, stellt sich die Frage, wer oder was Interesse daran hat, unsere Nachforschungen zu unterbinden und das auf solch mysteriöse Art und Weise?

Wir suchten nach Antworten und Erklärungen. Wir horchten in W. herum, befragten Leute, stießen aber merkwürdigerweise auf wenig Interesse. Die Leute wollten von all dem nichts wissen und standen unseren Nachforschungen ablehnend gegenüber. Einige ließen durchblicken, dass sie unserer Geschichte nicht so recht glaubten, andere bezeichneten uns als Lügner oder hielten uns für geistig verwirrt.

Es ist Abend. Ich sitze am Schreibtisch und lese, als es heftig an unserer Haustür klopft. Wo-Tan liegt auf ihrer Matte im tiefen Schlaf mit offenbar aufregenden Träumen. Sie zuckt und strampelt. August steht vor der Tür. Er ist aufgeregt und berichtet hastig, dass ihm ein Brief übergeben sei. Er habe die Person nicht erkennen können, denn die Begegnung fand in einer dunklen Gasse von W. statt und die Person sei ebenso rasch verschwunden, wie sie aufgetaucht sei.

August überreicht mir einen unbeschrifteten, unscheinbaren Umschlag. Fragend schaut er mich an. Ich drehe und wende das Papier und halte es gegen das Licht der Lampe.

„Hm, ich kann nichts Auffälliges entdecken", bemerke ich leise und öffne vorsichtig und erwartungsvoll den grauen Umschlag. Zum Vorschein kommt ein Stück Papier, welches die sieben Weltwunder zeigt.

„Was ist das?", fragt August und beugt sich über das Blatt.

„Das sind sieben der berühmtesten Bauwerke der Antike, gezeichnet von einem gewissen Maarten van Heemskerck. Der Künstler lebte im 16. Jahrhundert und hat sich viel mit antiken Bauwerken befasst. Berühmt sind seine römischen Skizzenbücher."

„Hm, und was soll das?", bemerkt August und schaut skeptisch auf das Blatt mit den schönen Zeichnungen.

„Lass uns weiter schauen", sage ich und befördere ein weiteres Blatt aus dem nichtssagenden Umschlag.

Eine handgefertigte Skizze zeigt vereinfacht den Grundriss der hiesigen Bibliothek. Mit einem roten Stift ist ein Weg durch das Gebäude markiert, der vor einer Wand endet, die mit „Geheimstes Archiv" bezeichnet ist. Daneben steht der Eintrag: 15L4V1452, Zahlenkombination für das Archiv. Auf der Rückseite des Papiers ist in akkurater Handschrift geschrieben:

„Übermorgen um 24.00 Uhr am bezeichneten Punkt!"

Sprachlos wende ich das Papier, schaue in den Umschlag, aber nichts ist zu entdecken, was auf den Urheber dieses illegalen Angebots schließen ließe.

Verwirrt setzen wir uns an den Schreibtisch und nehmen gegenseitig die beiden Blätter in die Hand, begutachten sie, halten sie gegen das Licht, wenden sie hin und her und sind ratlos.

„Eines ist unbestritten", sage ich nach einiger Zeit, „die hiesige Bibliothek ist berühmt, ja, man kann getrost sagen, weltberühmt. Sie birgt Schätze an seltenen Büchern und ich bin fest davon überzeugt auch Unikate von unglaublichem Wert und höchster Brisanz. Der Zugang zum „Geheimsten Archiv" ist ungeheuerlich und kann viel für unsere Nachforschungen bedeuten, vielleicht sogar die Lösung. Aber ... wer steckt dahinter? Wer ist daran interessiert, dass wir das Rätsel lösen und vor allem, warum?"

„Wir werden keine Antwort darauf finden", sagt August nachdenklich.

„Was sollen wir tun? Sollen wir übermorgen um Mitternacht dort erscheinen?", sage ich unsicher und ratlos.

Ein unruhiges Rascheln und lautes Maulaufreissen unterbricht uns. Wo-Tan ist aufgewacht aus traumreichem Schlaf. Mit weit geöffneten Augen schaut sie zu uns herüber und scheint äußerst erleichtert darüber zu sein, uns hier wohlbehalten am Tisch sitzen zu sehen. Zufrieden schließt sie ihre Augen und grunzt genüsslich. Wir wenden uns wieder der mysteriösen Botschaft zu, mutmaßen hin und her und nach langen Überlegungen, die Glocke der nahen Kirche verkündet Mitternacht, beschließen wir, vorerst schlafen zu gehen und am nächsten Tag eine Entscheidung zu treffen.

Aus dem Polizeibericht, 8. September

„... in der frühen Morgenstunde des 6. Septembers wurden zwei Personen, die einen Hund mit sich führten, beim Verlassen unserer berühmten Bibliothek gestellt und festgenommen. Sie hatten sich auf unbekannte Art und Weise Zugang zum streng gesicherten Gebäude verschafft. Gestohlen wurde nichts.

Die Befragung der Täter, die vor Tagen bei einigen Leuten und bei amtlichen Stellen durch ihr sonderbares Verhalten, sie berichteten von absurden Geschehnissen, aufgefallen waren, ergab keine Klarheit über die Absicht des Einbruchs ..."

Wo-Tan, 6. September

Als die Polizei uns beim Verlassen der Bibliothek umzingelt, reagiert PVC unglaublich schnell. Er schiebt mir das aus dem „Geheimsten Archiv" entwendete kleine Buch in das Maul und raunt mir befehlend zu:

„Lauf, bring das Buch in Sicherheit!"

In demselben Moment dreht sich August und versperrt den Weg, so dass ich durch die Beine der Polizisten fliehen kann. Ich renne die Straße entlang, auf den Park zu. Ein Polizist folgt mir, aber ich bin schneller. Als ich mich nach einer Weile umdrehe, ist er schon ein ganzes Stück hinter mir. Ich laufe nun, das Buch fest zwischen meinen Zähnen, etwas langsamer durch den Park. Allmählich wird es heller. Gelbrot leuchtet der Himmel hinter den alten Bäumen und taucht das seitlich von mir auf einem steilen Hang stehende Gebäude in ein warmes Licht. Einem antiken Tempel gleich thront es würdevoll und beeindruckend über der lieblichen, morgendlichen Talaue.

PVC hat in den Jahren unseres Zusammenlebens meinen Sinn für Ästhetik, besonders was Architektur angeht, geweckt und geschult und ich ... ich schrecke auf. Hinter mir höre ich Geräusche, die rasch näher kommen. Als ich mich umschaue, sehe ich zwei berittene Polizisten, die mich in schnellem Galopp verfolgen.

Jetzt jage ich über die tau-frische Wiese so schnell ich kann, aber es reicht nicht, die Verfolger holen auf. Vor mir der Fluss. Welch ein Glück, da kann ich die Reiter erst einmal abschütteln, denn das ge-genüberliegende Ufer ist steil und für Pferde kaum passierbar. Ich renne in das Wasser, darauf bedacht, dass das Buch nicht zu Schaden kommt und springe von Stein zu Stein, bis ich schwimmen muss. Das Wasser ist reissend.

„Immer den Kopf hochhalten", sage ich mir und kämpfe mich durch die Fluten auf das Ufer zu.

Die Polizisten sind inzwischen abgebogen, um zur nahen Brücke zu gelangen. Vor mir der steile, leicht bewachsene Uferhang. Hechelnd klettere ich hinauf, rutsche aus, fange mich wieder und dann habe ich es geschafft, mit dem Buch zwischen meinen Zähnen. Ich atme kurz durch und schaue nach den Reitern aus. Die hetzen gerade über die Brücke in einiger Entfernung zu mir. Jetzt kommt es darauf an, vor den Verfolgern den nahen Wald zu erreichen. Dort bin ich in Sicherheit, denn die Bäume stehen so dicht, dass die Reiter nicht in der Lage sein werden, mir zu folgen. Ich jage los, presche durch das Gras, springe über kleine Hindernisse. Ich gebe alles. Langsam geht mir die Luft aus.

„Durchhalten! Durchhalten!", rufe ich mir zu und denke an PVC und August. Ich blicke nach hinten und erschrecke. Die Polizisten kommen näher. Sie treiben ihre

Pferde unbarmherzig an. Jetzt dringt das Hufgetrappel in meine wehenden Ohren. Noch dreihundert Meter sind es bis zum rettenden Wald.

Ich schaffe es nicht! Die Reiter müssen ziemlich dicht hinter mir sein. Ich meine, ihre Zurufe hören zu können.

„Aus! Vorbei! Ich habe verloren!", fährt es mir in den Sinn.

Plötzlich, aus dem Dunkel des Waldes, blitzt und donnert es über mich hinweg. Die Pferde bäumen sich auf und die beiden Polizisten stürzen in hohem Bogen zu Boden. Ihre Pferde galoppieren aufgeschreckt davon. Hechelnd erreiche ich den rettenden Wald. Vor mir steht, mit einem rauchenden Gewehr in der Hand, die Spionin.

„Komm!", sagt sie und ich folge ihr atemlos in die Tiefe des weiten Waldes.

3. Kapitel

In einem kleinen Büro

„Das darf nicht passieren!"

Der am Schreibtisch sitzende Mann, der das in scharfem Ton sagt, fixiert sein Gegenüber mit strenger Mine und ballt seine linke Hand zur Faust, dass die Knöchel hell hervortreten. Er gibt sich alle Mühe, den Eindruck von Überlegenheit und unangefochtener Autorität zu vermitteln. Jedoch offenbart sich in seiner Stimme und Gestik ein schwacher Hauch von Ängstlichkeit. Wie soll er den Misserfolg seinem Auftraggeber erklären? Der vor ihm mit gehörigem Abstand stehende Mann ist einer der Polizisten, die vor der Bibliothek die Einbrecher festgenommen hatten.

„Du hast deinen geheimen Auftrag nicht erfüllt! Das Buch ist fort!"

Der Mann am Schreibtisch hält inne, schweigt einen Moment und sagt dann zischend:

„Geh jetzt!"

August H, 8. September

PVC und ich sind heute Mittag aus dem Polizeigewahrsam entlassen worden. Die behördlichen
Untersuchungen hätten ergeben, dass wir uns
unerlaubt, auf unbekannte Art und Weise, Zugang zu
der hiesigen Bibliothek verschafft, aber weder etwas
beschädigt noch entwendet hätten. Somit kämen
wir mit der Auflage frei, in Zukunft die Bibliothek nur
nach genehmigtem schriftlichen Antrag betreten zu
dürfen und uns dem Gebäude nicht weniger als einhundertundelf Schritt nähern
zu dürfen.

PVC und ich sind verwundert, dass vom entwendeten Buch aus dem Geheimarchiv
nicht die Rede ist. Ist denn das Geheimarchiv so geheim, dass niemand von seiner
Existenz weiß, ein Diebstahl also gar nicht stattfinden kann? Was es nicht gibt,
kann man nicht stehlen. Aber irgendjemand kennt das Archiv mit dem Buch und
hat uns den Plan zukommen lassen. Wir überlegen noch lange hin und her, stellen
manche Theorie auf, kommen aber zu keiner schlüssigen Erklärung.

„Eines steht fest", sagt PVC, „es muss Leute geben, die unser Tun beobachten. Und
nicht nur das, sie greifen auch ein. Und diese Leute müssen über außerordentliche
Mittel und Informationen verfügen, denn um Kenntnis über das Geheimarchiv
und die Zahlenkombination dieser weltweit geschätzten Bibliothek zu besitzen,
gehört viel, sehr, sehr viel."

Dieser Gedanke beunruhigt uns.

Unsere Hauptsorge jedoch gilt momentan Wo-Tan. Wo ist Wo-Tan? Die Frage
nach ihrem Verbleib verdrängt alle Überlegungen zu den Geschehnissen in der
Bibliothek.

In unserem Haus und in der direkten Nachbarschaft ist von ihr keine Spur. Wir
fragen bei unserem Bäcker, bei dem August und Wo-Tan morgens Brötchen holen,
wir fragen bei weiteren Geschäften, wir durchkämmen die Stadt, wobei wir die
Nähe zur Bibliothek natürlich meiden, wir durchstreifen den Park. Umsonst. Wo-
Tan bleibt verschwunden.

PVC, 10. September

Nachdem August und ich die gesamte Stadt abgesucht haben, ohne einen einzigen Hinweis auf den Verbleib von Wo-Tan zu bekommen, beschließen wir, die Suche auszudehnen. Zu Pferd und mit einem bunten Maulesel - Kinder hatten das Tier lustig angemalt - durchstreifen wir, immer weitere Kreise ziehend, die Umgebung von W. Sowohl diesseits als auch jenseits des Flusses suchen wir. Die wenigen Menschen, denen wir in der Einöde begegnen, Jäger, Köhler und am Fluss Fischer, befragen wir nach Wo-Tan, aber niemand hat sie gesehen.

August H, 14. September

Vier Tage sind wir bereits unterwegs. Wir durchqueren eine größere, mit Buschwerk und einzelnen Baumgruppen bewachsene lichtere Fläche innerhalb des dichten Urwaldes. Überall liegen Felsbrocken herum. Kleine Schluchten und aufragende Felsformationen erschweren unser Vorankommen.

„Ich glaube, es ist aussichtslos. Wir können nichts ausrichten. Wir haben schon Mühe, uns selbst einen Weg zu bahnen", knirscht PVC mutlos, sein Pferd hinter sich herziehend.

Wir rasten und ruhen uns aus. Jeder ist mit seinen Gedanken beschäftigt.

„Komm", sagt PVC nach einer Weile, „lass uns umkehren, es hat keinen Zweck".

Ich nicke resigniert. Niedergeschlagen machen wir uns auf den Rückweg. Schwer lastet die Ungewissheit über Wo-Tans Schicksal auf uns. Die Luft ist drückend. Auf einmal meine ich, einen ungewöhnlichen Laut zu vernehmen. Ich bin hellwach, die trüben Gedanken sind fort. Ich lausche. Ja, da war er wieder.

„Hörst du?", frage ich PVC.

Der schüttelt den Kopf. Der schwüle Wind beugt die hohen Gräser und die Blätter der Bäume knistern. Jetzt ertönt es noch einmal. Schwach vernehme ich Laute, die einem kläglichen Hundebellen nicht unähnlich sind.

„Jetzt habe ich es auch gehört, es kommt aus dieser Richtung", sagt PVC aufgeregt und streckt seinen Arm aus.

„Das könnte Wo-Tan sein!"

Hastig laufen wir, Pferd und Maulesel am Zügel ziehend, in die Richtung, aus der wir die klagende Stimme vernommen haben. Mühsam kommen wir voran, immer wieder anhaltend, um zu lauschen. Aber wir hören nichts. Nun umrunden wir einen sperrigen Felsen und haben einen freien Blick in das Gelände. Eine steile Felsformation breitet sich vor uns aus und zu ihren Füßen, direkt am Fels, sehen wir ein herrschaftliches Gebäude. PVC schaut mich völlig überrascht an.

„So eine Architektur in dieser Wildnis, das hätte ich nie erwartet. Das sieht wie Renaissance aus, original italienische Renaissance. Unglaublich."

Wir arbeiten uns dichter an das imposante Gebäude heran, jede Deckung ausnutzend. Es wirkt auf den ersten Blick verlassen. Hinter einem Gebüsch halten wir und beobachten. Stille. Nichts rührt sich. Eine Tür steht offen.

„Halte die Zügel", sage ich zu PVC nach einer Weile, „ich schaue mich mal um".

Langsam pirsche ich mich vorwärts auf das Gebäude zu. Ungefähr fünfzig Schritt vor dem langgestreckten Bau verberge ich mich hinter einem Felsbrocken, um zu beobachten. Nichts ist zu sehen und zu hören, was auf die Anwesenheit von Leuten hinweisen könnte. Verlassen und unbewohnt scheint das Gebäude mit seiner offenstehenden Tür zu sein. Jetzt wage ich mich aus meiner Deckung hervor und stehe in der Säulenarkade, vor mir die geöffnete Tür. Angestrengt lausche ich. Nach einigen Augenblicken schleiche ich durch die Tür und betrete einen großen, unübersichtlichen Raum mit gewölbter Decke. Bevor ich mich weiter orientieren kann, schlägt mir ein herzerweichendes, wimmernd freudiges Gebell entgegen. Auf einem Tisch steht ein Käfig und in ihm ... Wo-Tan!

Jegliche Vorsicht beiseiteschiebend, haste ich auf den Käfig zu und Wo-Tan tut ihre Freude durch ekstatische Töne kund.

Augenblicke später stürzt PVC herein und ein überschwängliches Freudengetöse erfüllt die Luft. Wir sind überglücklich, Wo-Tan endlich gefunden zu haben und Wo-Tan ist überglücklich, dass wir endlich wieder da sind.

Nachdem wir uns ein wenig beruhigt haben, schauen wir in dem Raum herum. Sein bestimmender Eindruck lässt sich mit befremdlich beschreiben. Wandhohe Regale sind mit verschiedenartigsten Glasbehältern und vielen Flaschen voll-gestellt, die mit farbigen Flüssigkeiten und sandähnlichen Stoffen gefüllt sind.

Sie sind gekennzeichnet mit eigenartigen Zeichen und unlesbarer Schrift. Andere Glasgefäße beinhalten in Flüssigkeit eingelegte Dinge, die ich nicht erkennen kann. Weitere Regale sind mit Büchern und unterschiedlichsten Gegenständen gefüllt. Auf den Tischen befinden sich Geräte und Vorrichtungen, die das Bild einer Alchemistenwerkstatt abgeben. Überall liegen Gerätschaften herum. Besonders stechen mir Sägen, Messer und Beile verschiedenster Art und Größe ins Auge. Ich mustere die Dinge neugierig, aber mit großer Scheu. Alles in dem Raum erscheint sehr sonderbar und auf unbestimmte Weise unheimlich. PVC schaut mich fragend an, Wo-Tan beisst in die Gitterstäbe und ich versuche gerade den Käfig zu öffnen, als eine hohe Stimme uns herumfahren lässt:

„Ei, ei, wen haben wir denn da?"

Im Türrahmen steht breitbeinig eine große, kräftige Gestalt. In ihrer Hand hält sie ein beeindruckendes Schlachtermesser, das im Licht eines Sonnenstrahles aufblitzt. Der imposante Mann trägt ein sauberes, weisses Hemd mit einer rotblau gestreiften Fliege. Verschmitzt schaut er uns durchdringend an und macht dabei ein freundliches Gesicht - wenn nur das gewaltige Schlachtermesser in seiner Faust nicht wäre!

Nachdem wir unsere Überraschung überwunden haben, erklärt PVC, anfangs ein wenig stockend, dass das, er zeigt auf Wo-Tan, unser Hund sei. Wir hätten sein Bellen gehört und seien unerlaubt in das Haus eingedrungen, dem Bellen folgend. „Ich bitte um Entschuldigung. Aber vielleicht haben Sie Verständnis für unser ungehöriges Verhalten, denn wir suchen seit Tagen unseren Hund, der uns sehr ans Herz gewachsen ist."

Der Mann mit dem Schlachtermesser mustert uns eindringlich und erwidert dann, dass er den Hund gütigerweise dazu erkoren habe, die Zeit zu überdauern. Verständnislos schauen wir den Mann an, der jetzt seinen Oberkörper strafft und dann fortfährt, dass er dazu bestimmt sei, die Schöpfung zu bewahren, zu ewigem Ruhm.

„Ich bin Präparator", verkündet er, „ von höherer Macht bestellt und dieser Hund hat eine Fellzeichnung, die es wert ist, aufbewahrt zu werden."

Betroffen stehen wir da, ungläubig den Worten lauschend. Aberwitzig und absurd erscheint uns das Gesagte, ja auf irgendeine Art und Weise auch lächerlich, wenn da nicht das Messer in der Faust des Mannes uns den Ernst der Situation mit Nachdruck vor Augen führen würde.

Verwirrt stehen wir vor dem Tisch mit dem Käfig, in dem Wo-Tan wehmütig klagt und uns flehentlich anschaut. Da kommt mir eine Idee, was wir tun könnten, um die unheilvolle Situation zu entschärfen.

„Wir haben draussen", richte ich mich an den Mann mit dem Schlachtermesser, „einen Maulesel, dessen Fellzeichnung um einiges interessanter ist als bei diesem Hund. Wie wäre es mit einem Tausch?"

Nach einigem Hin und Her und Begutachtung des angemalten Maulesels stimmt der Mann zu. Er übergibt uns Wo-Tan und wir ihm den Maulesel, wobei wir beiläufig fragen, ob denn der Hund etwas bei sich gehabt habe. Der Mann schüttelt verneinend seinen Kopf und beschreibt uns sehr ausführlich und eindringlich den kürzesten und einfachsten Weg zum Fluss. Er lässt es sich nicht nehmen, uns ein kurzes Stück zu begleiten und uns nochmals auf die zu passierenden Wegmarken hinzuweisen.

Nachdem er uns verlassen hat, meint PVC nachdenklich:

„Eigenartig, dass er nicht bemerkt hat, dass der Maulesel nur mit Farbe angemalt ist."

„Man gut, sonst hätten wir jetzt nicht Wo-Tan, schau, wie sie sich freut."

Als Antwort bellt Wo-Tan munter. Aber ... wo ist das Buch?

Wir passieren die erste Wegmarke, eine große Eiche, durchqueren dann den bezeichneten Bach und folgen seinem Lauf, bis wir eine Passage sehen, die von zwei nicht sehr hohen Felsformationen gebildet wird.

„Dort müssen wir durch", sagt PVC und lenkt das Pferd zum Hohlweg. Ich sitze im Sattel, Wo-Tan in meinem Arm. Zügig kommen wir voran.

Plötzlich gibt der Boden unter uns nach, es knackt und bricht und wir stürzen kopfüber in eine tiefe Grube. Hart schlagen wir auf. Das Pferd wiehert ängstlich und schlägt panikartig mit seinen Hinterläufen aus, gottlob, ohne uns zu treffen. Von kleinen Blessuren abgesehen, haben wir den Sturz in die Fallgrube unbeschadet überstanden. Nachdem die Staubwolken sich verzogen und wir uns besonnen haben, blicken wir nach oben. Die Wände der Fallgrube sind glatt und so hoch, dass ein Hinausklettern, selbst vom Rücken des Pferdes aus, aussichtslos erscheint. Wir versuchen es dennoch.

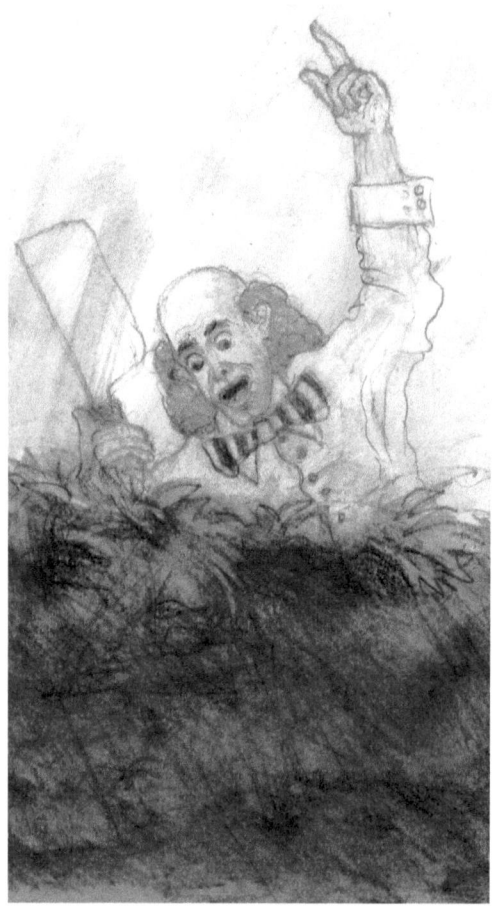

Aber vergeblich. Wir sind gefangen, das steht fest, dem Ungewissen ausgeliefert. Und das Ungewisse zeigt sich uns in Form eines irren Lachens.

Am Rand der Grube steht der Präparator, mit seinem scharfen Schlachtermesser in der Hand. Triumphierend schaut er auf uns herab.

„Morgen schon seid ihr für die Ewigkeit bereit!", schreit er und zeigt mit dem Zeigefinger seiner linken Hand auf uns, wobei er seine Augen aufreisst und uns eisig und starr anschaut. In dieser Position verharrt er einige Augenblicke. Dann löst er seinen Blick von uns, hebt seine Augen und schaut verzückt in den Himmel.

„Ihr dürft euch glücklich preisen, zu den Auserwählten zu zählen. Nur wenigen ist es vergönnt, Ewigkeit zu erlangen, um über alle Zeiten hinaus von der Schöpfung zu künden, sie zu preisen, ihren Ruhm hinauszutragen und damit ihr zu dienen. Das bedeutet höchste Ehre. Gegen diese Ehre tauscht ihr euer nutzloses, unwürdiges, erbärmliches Leben und werdet nicht in Vergessenheit enden wie alle anderen, sondern werdet ewiges Dasein erlangen. Und ich, ich verhelfe euch dazu. Ich, der Präparator, der Diener der Ewigkeit. Seid dankbar und demütig, dass das Schicksal euch auserkoren hat."

Noch einmal schaut er auf uns herab und hat wieder diesen starren, eisigen Blick.

Dann verschwindet er.

Verwirrt hocken wir am Boden der Grube.

„Der Mann ist verrückt, der will uns töten", sage ich.

„Ja, das befürchte ich auch", entgegnet PVC.

„Der hat uns in seine Falle gelockt und wir haben nichts bemerkt. Wir sind blindlings hineingetappt, ohne die verdächtigen Anzeichen zu beachten. Wir haben ihn nicht ernst genommen, weil wir ihn für verwirrt, ja irre gehalten haben, aber Irrsinn schließt kalkuliertes, schlaues Handeln nicht aus."

Die Zeit vergeht.

Erstarrt in Ausweglosigkeit sitzen wir in der Grube, wie in einem Sarg. Der Himmel verfärbt sich langsam, der Abend kommt. Die Vögel singen ihre Lieder und verstummen, als sich die Dunkel-

heit über die Landschaft legt. Der Mond ist zu sehen und der Wind treibt die Wolken zügig vorüber. Kühl ist es geworden. Ich weiß nicht, wie lange wir, angelehnt an die Grubenwand, hier im Dämmerzustand gehockt haben, als Wo-Tan heftig zu knurren anfängt. Wir schrecken auf und schauen hoch zum Rand der Grube.

Die funkelnden Augen eines Wolfes blicken auf uns herab. Das Tier bleckt seine Zähne und verschwindet kurz darauf aus unserem Blickfeld. Wir rücken aneinander. Uns friert. Zäh schleichen die Stunden vorüber. Dumpf dösen wir dahin, von quälenden Gedanken heimgesucht.

Ich weiss nicht, wie lange wir so dahingedämmert sind, als, spät in der Nacht, ein Geräusch uns aufschrecken lässt. Ein leises Schlurfen, so, wie wenn irgendetwas über den Boden geschleift würde, ist zu hören. Gebannt blicken wir nach oben zum Rand der Grube. Jetzt sehen wir im fahlen Licht der Nacht zwei Stangen, die sich langsam über den Rand schieben. Kleine Erdklumpen bröckeln ab und fallen herunter. Unser Pferd wird unruhig. Eine Leiter wird sichtbar, rutscht am Grubenrand herab und steht nun unmittelbar vor uns auf dem Boden.

Atemlos haben wir den Vorgang beobachtet. Wir sind darauf gefasst, dass irgendjemand zu uns herabsteigen oder sich oben am Rand der Grube zeigen wird, im Guten oder im Bösen. Aber nichts dergleichen passiert. Gespannt warten wir eine ganze Zeit lang, starren hinauf zum Grubenrand und lauschen. Kein ungewöhnliches Geräusch ist zu hören. Nur der leichte Wind lässt die Blätter der entfernt stehenden Bäume rascheln. Zu sehen ist ebenfalls nichts außer den Gräsern, die sich schwach gegen das Dunkel des Himmels abzeichnen. Alles ist ruhig, unheimlich ruhig.

Nach langer Zeit des angestrengten Wartens entschließen wir uns, die Leiter hinaufzuklettern. PVC steigt als erster langsam nach oben. Er lugt vorsichtig über den Grubenrand und mustert eingehend die Umgebung. Dann gibt er mir ein Zeichen und ich folge mit Wo-Tan.

August H, 19. September

Endlich haben wir es geschafft, wir sind mit Wo-Tan in W. Wieder hat irgendjemand von außen eingegriffen. Dieses Mal eindeutig in der Absicht, uns zu helfen, was zum Glück geklappt hat, denn dank der Leiter konnten wir den Fängen des unheimlichen Präparators entfliehen. Wie sagte doch PVC nach unserer Entlassung aus dem Polizeigewahrsam:

„Es muss Leute geben, die uns beobachten und diese Leute müssen über außerordentliche Mittel und Informationen verfügen."

PVC, 19. September

Heute sind wir ziemlich erschöpft in W. angekommen. Zum zweiten Mal ist die Stadt unser Zufluchtsort. Wir sind froh, wieder mit Wo-Tan vereint zu sein und heil die gefährliche Begegnung mit dem Verrückten überstanden zu haben.

Das Buch lässt mir keine Ruhe. Ich bin überzeugt, dass der Präparator es hat. Wir müssen etwas unternehmen, um das Buch zu erlangen. Es birgt, da bin ich mir sicher, ein großes Geheimnis.

Wo-Tan, 19. September

Schön ist es, wieder mit den beiden zusammen zu sein und ich habe auch schon mit meiner Freundin im Park gespielt. Jetzt will ich berichten, was nach dem Schuss der Spionin, als ich von den berittenen Polizisten verfolgt wurde, passiert ist.

Ich laufe also auf den Wald zu und da steht mit dem rauchenden Gewehr die Spionin.

„Komm!", sagt sie, dreht sich um und läuft in den Wald.

Ich folge ihr atemlos, denn die Verfolgungsjagd hat mich ziemlich angestrengt. Nach einiger Zeit verlangsamt die Spionin das Tempo. Der Wald ist inzwischen sehr dicht geworden. Die Verfolger sind endgültig abgeschüttelt. Die eine Gefahr ist gebannt, die andere geht vor mir. Wer weiss, was sie vorhat. Sie hat so eigenartig auf das Buch geschaut, so begehrlich. Vorsichtig und auf alles gefasst, folge ich der Spionin mit dem festen Entschluss, bei geeigneter Gelegenheit zu fliehen. Nachdem wir eine weite Strecke gelaufen sind, gelangen wir an eine unübersichtliche Stelle, die mit hohem, dichten Farn bewachsen ist.

Ich fliehe zum zweiten Mal und es gelingt. Ich entwische der Spionin. Lange irre ich umher und gerate in die Fänge des Präparators.

Wo-Tan, 23. September

PVC und August arbeiten an einer seltsamen Maschine. Ein großes, uhrwerkartiges Gewirr von Zahnrädern, Gewichten, Achsen, Federn, Ketten und dergleichen mehr montieren sie in ein Gestell, das einem Tier nicht unähnlich sieht. Ich bin gespannt, was das werden soll.

Wo-Tan, 25. September

Die beiden nehmen sich kaum Zeit zum Essen. Sie bauen und werkeln mit großer Hingabe und es scheint ihnen viel Spaß zu bereiten. Jetzt haben sie ein Paar große Flügel aus richtigen Federn gebaut, einen Pferdeschweif und allerlei weitere Teile.

August H, 2. Oktober
Unsere Maschine ist fast fertig, das heißt, unser Automat. PVC korrigiert mich immer, wenn ich Maschine sage.

„Das sind Automaten und die haben eine lange Tradition", erzählt er, „schon in der Antike gab es, nicht nur in der Mythologie, Automaten. Und natürlich im Mittelalter und der Neuzeit. Es gab Schachautomaten, menschliche und tierische Figuren, die sich bewegten und einiges mehr. Den Höhepunkt erreichte ein gewisser Vaucansson mit seinem Automaten eines Flöte spielenden Schäfers in Lebensgröße, dessen Musik zu hören war. Ich habe mich früher einmal intensiv mit dem Phänomen der Automaten beschäftigt." Dann erläutert er weiter:

„Das Tier unterscheidet sich vom Menschen durch das Nichtvorhandensein der Seele. Somit ist der Mensch Körper mit unsterblicher Seele und das Tier nur Körper, ein hochkomplizierter Automat, den man bauen kann, wenn man die Anatomie und die mechanischen Gesetze beherrscht. Nun Ja, so dachte man damals."

Wo-Tan, 3. Oktober
Das Tier ist fertig und ich finde, dass es lustig aussieht mit seinen großen Flügeln, seiner Halsmähne und seinen etwas tollpatschigen Füßen.
„Nun wollen wir die Handhabung des Automaten üben", sagt PVC.
„Wo-Tan, du läufst voraus, immer kreuz und quer und August versucht, mit dem Automaten dir zu folgen. Los geht's!"

Ich laufe los, erst einmal nur geradeaus, dann mache ich kleine Schlenker nach links und rechts. August folgt mir. Er bedient die Hebel mit großem Geschick. Jetzt geht es schneller und über Stock und Stein. Der Automat scheint sich zu bewähren, auch wenn August gewisse Probleme hat, mir auf dem Fuße zu folgen. PVC beobachtet alles sehr genau und gibt Anweisungen.

August H, 5. Oktober
Die Handhabung des Automaten klappt. Es macht mir richtig Spaß, mit meinem Tier Wo-Tan zu folgen. Wir spielen Räuber und Gendarm.

PVC, 9. Oktober
Wir sind gut vorangekommen und nähern uns dem schönen Anwesen des Präparators. Unser Plan ist folgender: Wir wollen mit dem Wundertierautomaten die Aufmerksamkeit des Präparators wecken. Wir hoffen, dass er dem noch nie Geschauten nicht widerstehen kann und dem Tier folgt. August lenkt und lockt den Präparator von seinem Anwesen weg, so weit und so lange, wie es geht. Sollte es zu einer für August gefahrvollen Situation kommen - wie gefährlich der Präparator einzuschätzen ist, haben wir ja am eigenen Leibe erlebt - steht August die im Automaten eingebaute Waffe zur Verfügung, um seine Haut, im wahrsten Sinne des Wortes, zu retten. Während August den Präparator beschäftigt, versuche ich mit Wo-Tan das Buch ausfindig zu machen. An einem verabredeten Ort wollen wir uns dann anschließend mit August treffen.
Eine ruhige Stimmung liegt über der wilden Landschaft. Vor uns sehen wir im Schatten der Felswand das Anwesen des Präparators, eine Augenweide der Architektur. Wie eine derartige, Palladio imitierende Architektur in diese Gegend gelangen konnte, ist mir ein großes Rätsel, an dessen Aufklärung ich großes Interesse hätte, aber wir haben zur Zeit andere Rätsel zu lösen.
Morgendunst schwebt über den Gräsern und Sträuchern. Ein Eichhörnchen läuft uns über den Weg. Es hält inne, schaut zu uns herüber und verschwindet mit

lauten Pfeifgeräuschen hinter einem Felsbrocken.

August verbirgt sich nun, auf seinem Tier sitzend, in einer dichten Buschgruppe. Er wählt den Standort so, dass er von dem Anwesen aus halbverborgen zu sehen ist. Jetzt gibt er uns das Zeichen, dass wir uns verstecken und dem Blick vom Haus aus entziehen sollen.

Still liegt das majestätische Gebäude mit seiner wohlproportionierten Säulenarkade und den gefühlvoll gesetzten Öffnungen vor uns.

Klagende Laute ertönen nun aus dem Gebüsch. Stille. Ich lausche in meinem Versteck und schaue gespannt auf des Präparators Anwesen, Wo-Tan neben mir. Nichts rührt sich dort. Nach einer Weile tönt es wieder wehmütig aus dem Gebüsch, nun ein wenig lauter.

Hell und friedvoll steht das Gebäude im Licht der höher gestiegenen Morgensonne. Ein drittes Mal entlässt August seufzende Laute aus dem Automaten. Jetzt öffnet sich langsam eine Tür und der Präparator schiebt lauschend seinen Kopf heraus.

Er schaut umher, verharrt einige Augenblicke und macht dann Anstalten, die Tür zu schließen, als wieder die seltsamen Töne rufen. Der Präparator hält in seiner Bewegung inne und tritt lauschend und spähend vor die Arkaden. Angestrengt schaut er in Richtung des Gebüsches und auf einmal rennt er los, sein gewaltiges Schlachtermesser in der Hand. Er muss August und das Tier entdeckt haben.

„Oh weh, August!", denke ich, „lauf, lauf doch!"

Mit der Schnelligkeit des Präparators habe ich nicht gerechnet, hoffentlich aber August.

Nun entsteht Bewegung im Gebüsch. Schnatternd und pfeifend bricht unser Tier sich Bahn, schlägt mit seinen Flügeln und läuft davon. Der Präparator schreit auf. Seiner Kehle entfährt ein schauerliches Geheul, ein Kriegsgeschrei, das einer ganzen Horde wilder Krieger Ehre gemacht hätte und stürzt seinem Opfer nach.

Die wüste Jagd nimmt ihren Anfang. Immer weiter entfernen sich Jäger und Gejagter und entschwinden allmählich unseren Blicken.

„Los!", rufe ich Wo-Tan zu und wir laufen zum Gebäude, durch die Arkade zur geöffneten Tür. Dort halten wir an, lauschen und schleichen behutsam in den Raum. Wir gehen davon aus, dass der Präparator der einzige Bewohner des Anwesens ist, aber das ist nur eine Vermutung, wir wissen es nicht und müssen deswegen Vorsicht walten lassen.

Von Raum zu Raum arbeiten wir uns voran. Wir durchsuchen alles, aber bislang vergeblich. Nun befinden wir uns in einem langgestreckten Raum, dessen eine Schmalseite die Felswand bildet. Derbes Werkzeug liegt auf dem die Längswand begleitenden Werktisch. An der Decke hängt ein fahrbarer Flaschenzug.

„Wie eine Werkhalle für grobe Arbeiten sieht es hier aus", denke ich bei mir und schaue mich um.

Die große, eiserne Tür in der Felswand erregt meine Aufmerksamkeit. Sie ist zweiflügelig und mit großen Nieten beschlagen. Vorsichtig öffne ich die Tür, die sich geräuschlos und leicht in ihren Angeln dreht. Ein dunkler, grob ins Gestein geschlagener Gang liegt vor uns, an dessen Ende sich eine weitere eiserne Tür befindet. Langsam bewege ich mich auf die Tür zu. Ein eigenartiger, stechender Geruch liegt in der Luft. Wo-Tan geht dicht bei mir und drückt ihren Körper an meine Beine. Auch die zweite Tür lässt sich leise und leicht öffnen und was ich sehe, überrascht mich und lässt mich sprachlos staunen. Was Wo-Tan empfindet weiss ich nicht.

Ein riesiger, dreischiffiger Raum, einer puristischen romanischen Kirche gleich, nimmt uns auf. Mächtige, aus dem Fels gehauene Pfeiler tragen das Kreuzgewölbe des Mittelschiffes. Die Seitenschiffe sind zweigeschossig und ebenfalls mit Kreuzgewölben versehen. Die gesamte Raumkomposition ist aus dem Fels geschlagen, wie die berühmten Architekturen von Petri und Abu Simbel, mit dem Unterschied, dass hier von aussen nichts zu sehen und der Raum weniger monumental und exotisch ist. Aber überwältigend wirkt er dennoch auf mich, vor allem ist es der Überraschungseffekt, denn so etwas erahnt man nicht, so etwas befindet sich außerhalb jeglicher Erwartung.

Lichtstrahlen erhellen einzelne Raumteile und geben ein dramatisches, schauerliches Szenario preis. Überall stehen, liegen, sitzen, hocken Tiere. Ein Wolf schaut mich mit starren Augen an, ein Panther und neben ihm ein Säbelzahntiger blicken mit geöffneten Mäulern und gefletschten Zähnen auf mich herab und zu ihrer Seite hebt ein Elefant seinen Rüssel. Die gewaltigen Stoßzähne eines Mammuts strecken sich mir aus dem Dunkel entgegen und über mir schwebt ein mächtiger Adler. Eine wahnsinnige Versammlung von Tieren verschiedenster Art, Größe und Herkunft bevölkert diese Felsenkathedrale. Aus jedem Winkel stiert ein Augenpaar, an den Gewölben hängen Lebewesen und um die Pfeiler winden sich Schlangen.

Verwirrt drehe ich mich nach rechts, um ins Seitenschiff zu gehen und schrecke, als ich hinter die Pfeiler trete, zurück. Beinahe wäre ich gegen einen gewaltigen Gorilla gelaufen, der vor einer Giraffe im Dunkel des Seitenschiffes steht und mich mit starren Augen fixiert. Wo-Tan drängt ihren Körper gegen mich und hechelt aufgeregt. Der Gorilla besitzt mächtige Arme, er ist ein einziges Muskelpaket von imponierender Größe, dessen Botschaft, Kraft und Gefährlichkeit ist.

„Alle für die Ewigkeit bewahrt", schießt es mir in den Sinn.

„Ich will hier raus, ich muss diesen unheimliche Ort verlassen", sage ich zu mir. Beim Umdrehen fällt mein Blick auf eine Gruppe von Wesen, die im Dunkel einer Raumecke steht. Ich schaue intensiver und blicke, von einer fürchterlichen Ahnung getrieben, angestrengt ins Dämmerlicht. Entsetzen packt mich und das Blut schießt mir ins Gesicht. Ich spüre, wie meine Beine zu zittern anfangen und mich Schwäche übermannt.

Die Gruppe vor mir besteht aus Menschen!

Menschen mit heller und Menschen mit dunkler Hautfarbe. Es dauert, bis ich mich wieder gefangen habe.

„August!", schießt es mir in den Sinn, „hoffentlich geht alles gut. Sei bloß vorsichtig!"

Ich wende mich ab, um schleunigst diese Kathedrale des Schreckens zu verlassen, mache zwei Schritte vorwärts und da fühle ich unter meinem Fuss einen flachen Gegenstand. Flüchtig blicke ich nach unten.

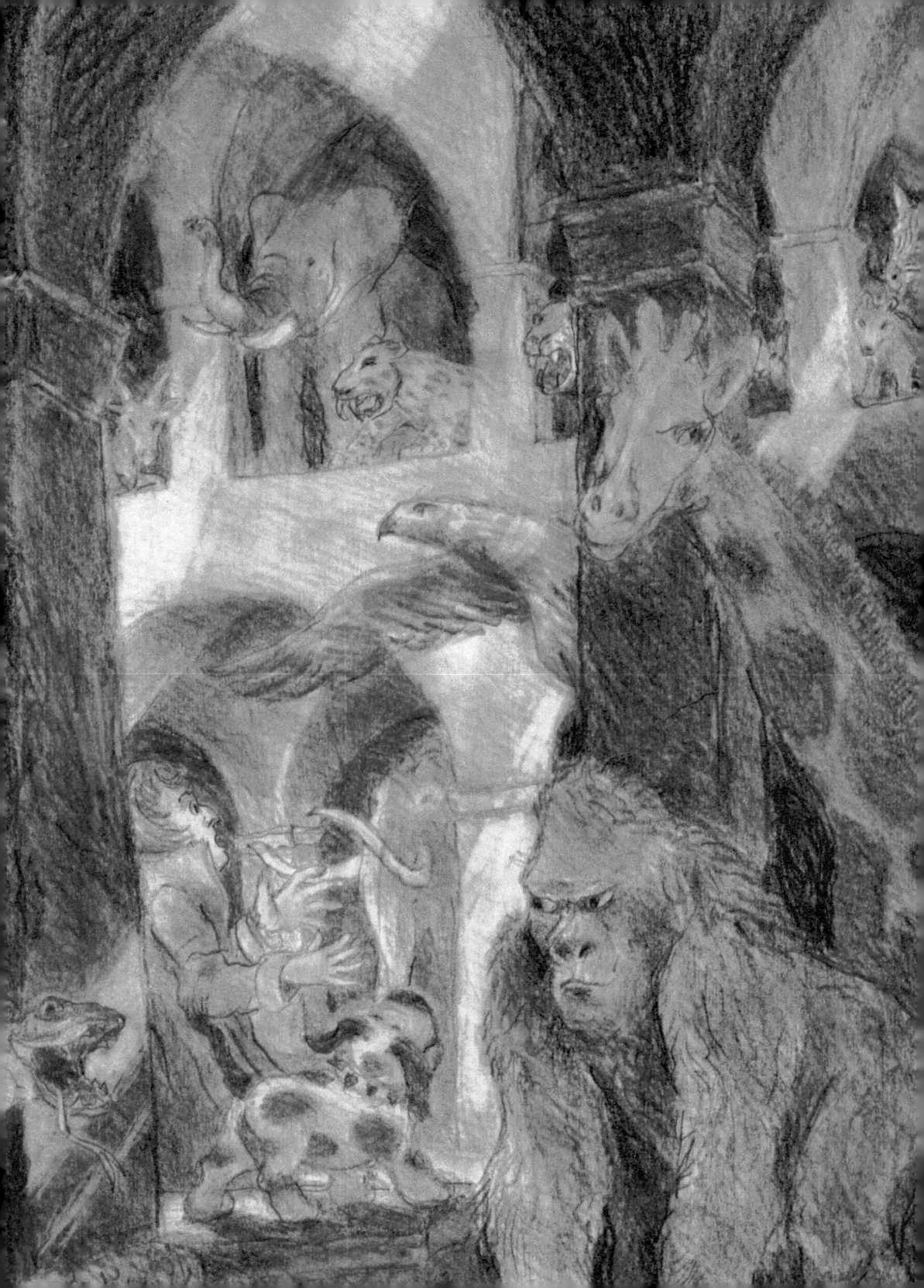

Ich bin auf ein Buch getreten, das auf dem steinernen Boden achtlos liegt. Instinktiv bücke ich mich, wobei mich eine plötzliche Gewissheit überfällt und jubeln lässt:

„Das ist das Buch!"

Ich richte mich auf und halte das Buch, unser Buch, in meinen Händen. Klein und unscheinbar liegt es in meiner Hand. Der kräftige Einband zeigt die Spuren seines hohen Alters und der Zähne von Wo-Tan. Mit einer gewissen Scheu streiche ich sanft über den Buchdeckel, im Bewusstsein, das dies einen einmaligen, einen außerordentlichen Augenblick für mich und meine Untersuchungen darstellt.

Ich habe bei meinem Quellenstudium manch alte Dokumente und Bücher in meinen Händen gehalten und stets ergriff mich ein Gefühl von Ehrfurcht und tiefem Respekt. Respekt vor den Gedanken und Ideen, die diese Bücher durch die Zeiten tragen und bewahren und natürlich Respekt vor den Menschen, die diese Gedanken und Ideen hervorgebracht haben und Respekt vor ihrem Leben. Eine Welt ohne Bücher ist unvorstellbar.

Vorsichtig schlage ich das Buch auf. Die Seite, die zum Vorschein kommt, zeigt eine fremdartige, emblemhafte, farbige Zeichnung mit mehreren integrierten Buchstaben. Ich lese: -E-L-O-H-I-M- und wiederhole laut für mich:

„Elohim!"

Mit glühenden Wangen blättere ich weiter und sehe eine Zeichnung, die wie eine Art Landkarte aussieht und eine Menge Zeichen und Text, lateinischen Text, beinhaltet. Das Wort Hesperiden sticht mir ins Auge. Gebannt schaue ich weiter, als Wo-Tan zu knurren anfängt. Dann winselt sie und beisst mich ins Bein. Der Schmerz lässt mich aufblicken und - ich schaue in die Augen des Gorillas. Das Licht in dieser Kathedrale des Grauens scheint zu flackern, denn ich habe den Eindruck, dass ein Augenlied des Gorillas zuckt und er mich fixiert. Ja, er schaut mich mit schmalen Augen an und mit einer plötzlichen Bewegung tritt er vor und reisst mir das Buch, unser Buch, aus der Hand.

Voller Entsetzen stürzen wir davon, hasten zur eisernen Tür und ich schmeisse sie hinter uns donnernd ins Schloss, dann stürmen wir nach draussen. Die Seiten des Buches mit der Landkarte der Hesperiden halte ich fest in meiner Hand.

4. Kapitel

PVC, 20. Oktober

Fährt man mit einem Ballon, ist es immer windstill, denn der Ballon bewegt sich im Gleichtakt mit der Luft, anders gesagt, die Luft führt den Ballon mit sich. Will man nun mit solch einem Gefährt ein bestimmtes Ziel erreichen, muss man über die herrschenden Windverhältnisse Bescheid wissen, aber die sind, wie man weiß, launisch. Von daher bringt die Verwendung eines Ballons als Transportmittel eine gewisse Unsicherheit mit, denn der Wind ist nur bedingt einschätzbar. Andererseits ist die Reisegeschwindigkeit relativ gering, so dass die überflogene Landschaft sehr genau beobachtet werden kann und ein Ziel, dessen Position nur vage bekannt ist, kann mit dieser Methode gut gefunden werden. Auch bereiten Start und Landung bei einigem Geschick des Ballonfahrers wenig Schwierigkeiten und sie bedürfen nur geringer landschaftlicher Voraussetzungen. Überdies bietet die Reise mit einem Ballon großes Vergnügen.

Nun dient unsere Fahrt allerdings nicht der Lustbarkeit, denn wir verfolgen ein Ziel. Das Ausbleiben unseres Führers und die schauderhafte Katastrophe in S.12 haben unsere Mission in dem Sinne stark beeinträchtigt, dass wir gezwungen sind, einen anderen Weg zu beschreiten, um dem Geheimnis von Y auf die Spur zu kommen.

Lange Zeit habe ich geforscht, alle verfügbaren Quellen studiert und viel Wissen über das wenig Bekannte angehäuft. Ich habe keine Mühe gescheut, war auf Kongressen, in Museen, Bibliotheken und Archiven überall auf der Welt. In mir ist in all den Jahren die Gewissheit gewachsen, dass Y existieren muss. Ich bin von seiner Existenz, auch wenn eine nicht unerhebliche Anzahl von Kollegen diese bestreitet, fest überzeugt. Es sind nicht nur allein die Fakten, auf die meine Überzeugung sich aufbaut, es ist zudem eine innere Stimme, die mich in meiner Ansicht bestärkt.

Die Karte mit der bruchstückhaften Beschreibung der Hesperiden aus dem Buch ist ein himmlisches Geschenk, das uns weiterhelfen kann. Davon bin ich überzeugt.

Ob aber der unbekannte Initiator unseres nächtlichen Besuchs in der Bibliothek in W. nicht andere, direkter auf Y zielende Informationen im Auge hatte, ist nicht gewiss, steht aber zu vermuten, denn die Informationen über die Hesperiden stellen ja nur einen Bruchteil des Buchinhalts dar, das nun bedauerlicherweise der Gorilla besitzt.

PVC, 22. Oktober
Der Blick aus großer Höhe auf die Erde ist faszinierend. Alles fügt sich, alles hat das Bestreben ein Ganzes zu werden. Die Dissonanzen, das Disparate enden in Harmonie. Es wird überdeutlich, warum die Götter in der Höhe weilen, auf Bergen sitzen oder über den Wolken schweben. Sie wollen den beruhigenden, besänftigenden Blick auf ihre Schöpfung. Sie wollen nichts als Schönheit sehen.

Sie laben sich an ihr. Sie wollen das Verträgliche, das Einvernehmliche und so schauen sie behaglich aus der Ferne, mit innerer Distanz auf ihr Werk herab und erfreuen sich an dem weichgezeichneten Bild einer miniaturisierten Welt.

Gemächlich gleiten wir dahin. Die Sonne scheint und ihr warmes Licht überzieht die unter uns liegende Landschaft. Ackerflächen, Obst- und Olivenhaine, kleine Dörfer und einzelne Ansiedlungen, Straßen, Wege und Brücken, Berge, Wiesen und Wälder, Flüsse und Seen, die glitzernd im Sonnenlicht funkeln, ziehen unter uns langsam vorüber. Einzelne Punkte, kleine, dunkle Flecken, die sich kaum zu bewegen scheinen, zeigen sich hin und wieder. Es sind Menschen, die wie Käfer dahinkriechen. Aber auch Tiere sind auf den Weiden zu sehen, die einträchtig zu grasen scheinen. Ab und zu begegnet uns auf Augenhöhe ein Raubvogel.

So fahren wir und schauen und schauen.

Wo-Tan, 23. Oktober

Wir fliegen mit einem Ballon durch die Lüfte. Den Gedanken, über der Erde dahinzusegeln, fand ich sehr spannend als PVC davon erzählte und er davon schwärmte, wie interessant es doch sei, Gewohntes in ganz anderen Zusammenhängen zu sehen. Die Dinge bekämen eine neue Ästhetik, wären einfach schöner ... Na ja, schön und gut, aber was ist jetzt mit der neuen Ästhetik? Ich hocke auf dem Boden des Korbes und sehe den Himmel, ausschnittsweise, und ab und zu ein paar Wolken, das ist alles. So hatte ich mir das nicht vorgestellt. Gottlob kam August nach einiger Zeit auf die Idee, mir ein Guckfenster in die Wand des Korbes zu schneiden. Jetzt kann auch ich schauen und ich finde, PVC hatte recht mit seinen Ausführungen.

Sanft sieht die Landschaft aus, selbst schroffe Gegenden bekommen einen lieblicheren Charakter aus größerer Distanz. Doch im Moment fliegen wir in geringerer Höhe, so dass die Bäume mit ihren Kronen nicht mehr wie sanfte, grüne Kissen erscheinen, sondern aus Blättern und Zweigen mit unterschiedlicher Grünfärbung und abgebrochenen und abgestorbenen, kahlen Ästen bestehen, die sich im Wind hin und her bewegen.

Der Wald unter uns löst sich langsam auf und geht in eine hügelige Graslandschaft über, die mit einzelnen, überschaubaren Baumgruppen und kleineren Büschen bewachsen ist. Auch einige Tümpel sind zu sehen. Ein weisser Fleck erregt meine Aufmerksamkeit. Er bewegt sich geschwind zwischen den Bäumen und vor ihm, in geringem Abstand, sehe ich einen dunklen Fleck. Der weisse folgt dem dunklen.

Jetzt schaue ich genauer und da wir inzwischen ziemlich niedrig daherfliegen, erkenne ich die sich jagenden Gestalten. Es sind der Gorilla und der Präparator.

„Du verfluchter Lump, du Präparator, möge der Gorilla dir doch den Garaus bereiten!", schießt es mir in den Sinn.

PVC, 23. Oktober

Wo-Tan bellt ganz aufgeregt. Sie streckt ihren Kopf weit aus dem Fenster, welches August in den Korb geschnitten hat. August und ich blicken in die Richtung, in die Wo-Tan schaut und sehen was Sie erregt.

„Schau dort unten", ruft August, „dort jagt der verrückte Präparator hinter dem Gorilla her, so, wie er hinter mir und dem Automaten herjagte. Vielleicht hat er jetzt Erfolg und fängt den Gorilla."

„Aber besser wäre es, wenn der Gorilla den gefährlichen Irren einfangen würde", entgegne ich vehement.

„Aber ... da ist ja noch das Buch und so wäre es wohl doch besser, wenn der Irre den Gorilla fangen würde."

Ein kräftiger Aufwind hebt uns in die Höhe und alsbald entschwinden Jäger und Gejagter aus unserem Blickfeld.

Längst haben wir die Regionen verlassen, in denen menschliche Spuren zu beobachten sind. Weder Haus noch Hof, weder Acker noch Weide, weder Straße noch Weg sind zu sehen. Unter uns, soweit das Auge reicht, nur Einöde, unberührtes, weites, wildes Land.

Nach Tagen nähern wir uns dem Bereich, wo laut Angaben der Karte und der Beschreibungen die Hesperiden liegen müssten, wenn, ja wenn sie überhaupt existierten. Vier Gärten sollen es sein, die jeweils von einer Mauer umgeben sind, ähnlich einem hortus conclusus, wie er auf mittelalterlichen Bildern dargestellt wird. Wächterinnen sollen die Gärten und deren Äpfel hüten.

„Wir müssen auf rechteckige Einschnitte im Wald oder Bewuchs achten oder auf ummauerte Gevierte", rufe ich August zu und vergleiche noch einmal die mir zur Verfügung stehenden Informationen.

Weitere Stunden angestrengten Schauens vergehen, als August in eine Richtung zeigt und ruft:

„Da hinten, im Wald, das könnten die vier Gärten sein!"

Wir arbeiten uns durch das dichte Gewirr des Waldes voran. Ich nehme meinen Kompass zu Hilfe, um die Richtung nicht zu verlieren, denn manches Hindernis, das sich uns in den Weg stellt, müssen wir weitläufig umgehen. Vor uns, in einiger Entfernung, schimmert es hell durch das Gewirr der Stämme, Äste und Pflanzen.

„Da vorn, das müsste einer der Gärten sein", sagt August.

Nach wenigen Minuten stehen wir vor einer übermannshohen, weissen Mauer, die in ihrer Klarheit und Farbe einen starken Kontrast zum Wucherwerk der Natur mit ihren Pflanzen, umgestürzten Bäumen und Felsbrocken bildet.

Wir folgen der Mauer, die nach einigen Schritten rechtwinklig abknickt. In kurzer Distanz sehen wir eine weitere Mauer durch die Pflanzen und Stämme schimmern.

„Der zweite Garten", sage ich, mich zu August umdrehend.

Auffallend still wirkt der Wald. Lediglich die von uns verursachten Geräusche sind zu vernehmen. Kein Zirpen der Grillen, kein Summen von Insekten, kein Rascheln im Unterholz, kein Rufen von irgendwelchen Tieren und keine Vogelstimmen dringen an unser Ohr. Still und bewegungslos hängen die Blätter der Bäume an den Ästen und Zweigen. Es ist, als ob der Wald den Atem anhielte.

Die nächste Biegung der Mauer führt uns nach einigen Schritten zu einem Tor in dem hermetisch geschlossenen Geviert. Langsam und voller Erwartung treten wir heran. Weit öffnet sich das Tor, dessen Gewände mit Säulen versehen sind, die ein klassisch anmutendes Giebeldreieck tragen. Die geöffneten metallenen Flügel gewähren einen tiefen, ungehinderten Blick ins Innere des Gartens.

Verwüstung starrt uns an!

Entsetzt blicken wir auf das, was einmal ein Garten war. Umgeknickte Bäume, abgerissene Äste und Zweige liegen überall in wildem Durcheinander herum. Zerfetzte Sträucher, Pflanzen und Blumen bedecken den Boden, der sich aufgewühlt und zerfurcht vor unseren Augen ausbreitet. Wir können das, was uns das Sonnenlicht offenbart, nicht fassen. Erstarrt verharren wir unter dem Torbogen im Angesicht dieser elenden Zerstörung. Nach einigen Augenblicken hasten wir, von böser Ahnung getrieben, zu den anderen Gärten. Auch dort bietet sich uns das gleiche Bild: elende Zerstörung.

Im vierten Garten sehen wir vier junge Frauen, die eng umschlungen inmitten der Ödnis verharren. Einer Skulptur gleich sind sie regungslos auf einem steinernen Block, der wie ein Podest wirkt, platziert: eine Skulptur der Verzweiflung und Trostlosigkeit, umrahmt von zerfetzten Bäumen. Es sind die vier Hüterinnen der Hesperiden.

Kraftlos halten sie sich umfangen und sind in gegenseitiger Umklammerung erstarrt. Sie rühren sich nicht. Das Leid hat sie gelähmt. Ihre Augen sind leergeweint. Das Leben scheint sie verlassen zu haben.

Tief erschüttert uns dieses Bild des Jammers, dem wir hilflos gegenüberstehen. Auch Wo-Tan empfindet das Elend. Sie drängt sich zwischen unsere Beine und winselt leise.

Nach einiger Zeit des regungslosen Verharrens wenden wir uns ab und verlassen benommen, mit gesenkten Köpfen und verhaltenen Schritten den Garten mit den Frauen. Langsam gehen wir den Weg, den wir gekommen sind, zurück.

Im zweiten Garten wird Wo-Tan unruhig. Aufgeregt steht sie am Fuße eines Baumstumpfes und schnuppert intensiv in einem Haufen loser Blätter herum. Sie hält jetzt inne und schaut triumphierend zu uns herauf. Vor ihrer Schnauze liegt ein goldener Apfel.

„Oh, Wo-Tan, das hast du gut gemacht", rufe ich, meine Benommenheit beiseiteschiebend und klopfe ihr anerkennend auf den Rücken. Begehrlich, aber mit einer gewissen Scheu nehme ich den goldenen Apfel behutsam an mich und verwahre ihn in meiner Tasche.

„Das ist der einzige Apfel, den ich bislang sehe. Die Gärten sind nicht nur verwüstet, sondern auch ihrer Früchte beraubt worden."

„Ich habe auch keine Äpfel entdecken können, obwohl ich genau geschaut habe", pflichtet August bei.

Nachdem wir auch den ersten Garten durchquert haben, setzen wir uns auf einen steinernen Block, der, einer Bank ähnlich, unweit der Gärten am Boden liegt. Vor uns flirren die Mauern der Hesperiden im fahlen Licht der Sonne. Schatten zucken auf ihren hellen Flächen unruhig auf und ab. Immer noch liegt unheimliche Stille über dem Wald und den zerstörten Gärten.

„Weißt du", sagt August nach einiger Zeit gemeinsamen Schweigens mit brüchiger Stimme, „diese Verwüstung erinnert mich an S.12."

Ich nicke mit dem Kopf. Vieles geht mir durch den Sinn. Dann sage ich:

„Die Hüterinnen der Gärten können uns keine Auskunft mehr geben, aber", fahre ich langsam fort, „einen der goldenen Äpfel haben wir."

Ich halte inne und schaue den Apfel an, der rund und gewichtig in meiner Hand liegt. Bedeutungsvoll leuchtet er, als ein Lichtstrahl auf seine glänzende Oberfläche fällt.

„Allerdings wissen wir nicht, aus welchem der vier Gärten dieser Apfel ist", stellt August fest.

„Ja, so ist es. Einer der Gärten der Hesperiden ist der Garten der ewigen Jugend. Von dessen Früchte haben die Hüterinnen gegessen. Ein weiterer ist der des sanften Vergessens. Der nächste offenbart die Zukunft und der letzte öffnet das Fenster der Vergangenheit für denjenigen, der von seinen Früchten isst - so heißt es."

Eine Pause entsteht. Still sitzen wir auf dem Steinblock mit der eingravierten Zahl 1528 und schauen sinnend auf die weißen Mauern der Hesperiden, der Hort der Verwüstung.

„Ich wage es!", rufe ich und beisse in den goldenen Apfel.

August H, 23. Oktober

Tiefer Schlaf hat PVC überfallen. Er atmet ruhig, mit vornübergeneigtem Kopf. Ab und zu zuckt es in seinem Gesicht, ansonsten verharrt er still und regungslos auf dem Steinblock im Wald vor den Hesperiden.

„Du bleibst hier und passt auf PVC auf", sage ich zu Wo-Tan, nachdem ich lange an der Seite von PVC gesessen und ihn beobachtet habe, „ich gehe nur kurz und komme gleich wieder."

Ich muss mich einfach bewegen. Der Anblick der verwüsteten Gärten mit den vier Hüterinnen lässt mich nicht los. Langsam gehe ich auf die Mauer zu und folge ihrem Verlauf bis zum Tor. Ich trete ein in das trostlose Geviert und halte meine Schritte an.

Vor mir, an der Mauer, steht eine der vier Hüterinnen der Hesperiden. Ihre Augen blicken ins Nirgendwo, ihr Gesicht ist von Gram gezeichnet. Es vergehen Minuten. Dann hebt sie behutsam ihren Kopf. Mich trifft ihr leerer Blick wie ein Schlag. Sie verharrt kurz und senkt wieder langsam ihren Kopf. Ihre langen Haare fallen herab, ihre Augen sind auf den Boden gerichtet. Ich stehe betroffen da und wage nicht, mich zu rühren. Die Gegenwart der Frau bedrängt mich, bannt mich fest. Nach lähmenden Augenblicken richtet sie ein wenig ihren Kopf auf und sagt leise mit einer Stimme, die aus einer anderen Welt zu kommen scheint:

„Was suchst du?"

Ich bin völlig überrumpelt davon, dass die Hüterin mich anspricht. Verwirrung lähmt meine Gedanken und nach mehreren Anläufen fährt es stotternd aus mir heraus:

„Y! ... ich suche Y!"

Benommen stehe ich da. Zeit vergeht.

Mit einem leisen, irren Lachen antwortet die Frau:

„Hüte dich … vor Y!", und fügt, während sie mir starr in die Augen schaut, hinzu, „der gestürzte Ikarus weist den Weg, aber … hüte dich!"

Verwirrt von der Antwort starre ich die Hüterin an. Momente vergehen. Ich halte die Gegenwart der Frau nicht mehr aus und verlasse hastig und kopflos den zerstörten Garten.

Wo-Tan freut sich, mich wieder zu sehen und springt mir schwanzwedelnd entgegen. PVC befindet sich in demselben Zustand, wie ich ihn verlassen habe. Ich spreche ihn an, er reagiert nicht. Ich fasse ihn an den Schultern und schüttele ihn ein wenig, ohne Erfolg. Wo-Tan fährt mit seiner großen Zunge mehrfach zärtlich über sein Gesicht, auch das hilft nicht. Ruhig atmend sitzt er abwesend auf dem Steinblock im Wald vor den Hesperiden.

Wir sind wieder in der Luft. Immer kleiner werden die Ausschnitte im Wald, die Abdrücke der entschwindenden, zerstörten Gärten. Es war nicht ganz leicht, PVC durch den dichten Wald zu unserem Ballon zu schleppen. Noch immer ist er nicht ansprechbar. Ich fühle mich hilflos und mache mir Sorgen um seinen Zustand.

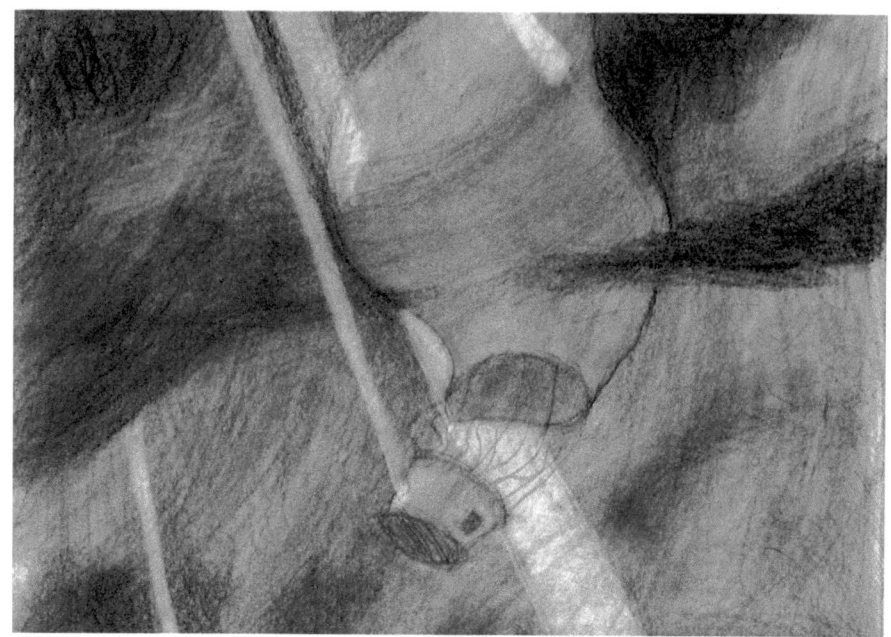

Er liegt im Korb, atmet ruhig, ist aber offensichtlich in seinem Körper nicht anwesend. Ich muss Hilfe holen. Die Angst um PVC verdrängt das entsetzliche Erlebnis der Verwüstung und das Elend der Hüterinnen der Hesperiden.

Der Ballon fliegt dahin. Wolken ziehen herauf, der Wind wird stärker. Die Landschaft unter uns zieht schnell vorüber. Böen rütteln am Stoff unseres Gefährts. Ich blicke zum Horizont. Dunkle Wolkengebirge türmen sich auf und kommen rasend näher. Wolkenfetzen fliehen am Himmel. Das alles verheisst nichts Gutes.

Ich entschließe mich, zu landen und halte Ausschau nach einem geeigneten Platz, doch Wolken behindern die Sicht nach unten. In diesem Moment erfasst uns der wilde Wind mit großer Gewalt und reisst uns fort. Fort und hinauf in die dunkle, dichte Wolkenmasse. Undurchdringlich ist das grauschwarze Gespinst. Ich kann nichts erkennen, nur Dunst und Nebel, der alles einhüllt. Angstvoll kralle ich mich an dem Korb fest. Wo-Tan kauert zwischen meinen Beinen, PVC liegt ruhig am Boden. Immer noch steigen wir rasend aufwärts in unbekannte Höhen.

Nebelschwaden fliegen an uns vorüber, die uns einhüllen in dunkle, feuchte Undurchsichtigkeit. Blind schwimmen wir im Meer der Wolken, hilflos und verloren im Nirgendwo. Auf einmal erscheint ein heller Fleck. Ein weiterer und größerer zeigt sich und langsam lichtet sich die dunkle Masse. Einzelne Sonnenstrahlen dringen zu uns. Nach wenigen Augenblick verlassen wir das Wolkenmeer und stoßen ins Blau des Himmels. Unter uns liegt das Wolkengebirge, das sich bis zum Horizont hinzieht. Über uns der endlose Himmel, der beherrscht wird von der gleissenden Feuerkugel. Die Luft wird dünner, die Strahlen der Sonne stärker. Lähmend legt sie ihr goldenes Licht über uns, hüllt uns ein und deckt uns zu. Die Zeit dehnt sich.

Federn segeln vereinzelt an uns vorüber. Weit über uns windet sich ein menschlicher Körper in der Luft. Einem Engel gleich besitzt er Flügel, aber die scheinen ihn nicht mehr zu tragen. Sie lösen sich auf, er stürzt. Ein Ton wird wach, schwillt an, ein zweiter begleitet ihn.

„Sphärenmusik", murmele ich und der Sonnenwagen jagt am Firmament vorüber.

Es knallt und bricht und ein heftiger Schlag schleudert uns aus dem Korb. Wie Küken aus dem Nest werden wir geworfen und schlagen schwer auf harten Grund. Mühsam raffe ich mich auf. Zum Glück sind meine Knochen heil geblieben und auch Wo-Tan scheint den heftigen Sturz schadlos überstanden zu haben. Vor mir liegt PVC hingestreckt im Staub am Fuße der felsigen Spitze.

Er rührt sich. Er zieht einen Arm zu sich heran und legt seine Hand auf die Stirn. So verharrt er regungslos. Nach einigen Augenblicken schlägt er seine Lider hoch, bewegt langsam seine Augen im Kreis und fixiert mich dann.

„Wo sind wir?", fragt er mit normaler Stimme und hebt seinen Kopf. Freude und Skepsis sind die mich beherrschenden Gefühle, als PVC mich anspricht, so, als ob nichts passiert wäre.

Ich schaue ihn mit großen Augen fragend an und zögere mit einer Antwort.

„Was ist denn August?", sagt PVC und richtet sich auf.

Unsicher stottere ich:

„... Ich weiß nicht, wo wir sind, aber ... weißt du nicht, was passiert ist bei den Hesperiden?"

PVC schaut mich fragend an. Langsam schüttelt er seinen Kopf.

„Wovon sprichst du?" Knapp berichte ich von seinem Biss in den Apfel und seiner unmittelbar darauf folgenden Abwesenheit, meiner Begegnung mit der Hüterin in einem der zerstörten Gärten und der anschließenden Ballonfahrt mit dem Unwetter.

Aufmerksam lauscht PVC meinen Schilderungen, schaut mich ungläubig an und erklärt, dass er nach dem Biss in den Apfel tief und erinnerungslos geschlafen habe. Er könne sich an das Geschehene nicht erinnern. Erst unsere unsanfte Landung habe ihn aufgeweckt.

Während der gegenseitigen Berichte schmiegt sich Wo-Tan eng an PVC und freut sich, dass dieser wieder ansprechbar ist und mir ergeht es ebenso. Eine Veränderung an dem Wesen von PVC, die Art wie er spricht, seine Mimik und Gestik, kann ich momentan nicht bemerken. Er ist wie immer. Das beruhigt mich und stärkt die Zuversicht in mir, dass wir gemeinsam die Situation meistern werden, in der wir uns befinden.

„So ... der Sturz des Ikarus weist den Weg, hat die Hüterin gesagt", bemerkt PVC und fährt nach einem Augenblick sehr nachdenklich fort, „und vor Y sollst du dich hüten ... aber jetzt müssen wir erst einmal sehen, wo wir sind."

Wir schauen umher. Über uns dehnt sich der stählerne Himmel mit der gleissenden Sonne und unter uns befindet sich das gewaltige Wolkenmeer. Aus diesem dicht gewebten, endlos erscheinenden Teppich ragen vereinzelt turmartige Gebilde hervor, die die grauweisse, dichte Wolkenmasse wie scharfe Messerspitzen durchstossen und Leuchttürmen gleich im weiten Meer der Wolken stehen.

Auf einem der aus Fels geformten, kegelartigen Spitzen befinden wir uns mit den Resten unseres Ballons. Wir umrunden den Kegel, dessen Schräge an einer Seite schmale, stufenartige Einkerbungen besitzt, auf denen wir vorsichtig abwärts steigen. Nach einer Weile gelangen wir auf eine kleine, längliche Plattform und stehen vor einer engen, dunklen Öffnung, die in den grauen Fels hinabführt.

Eine gewisse Zeit dauert es, bis sich unsere Augen an die Finsternis gewöhnt haben und wir den Windungen der Treppe, die grob in den Stein gehauen ist, folgen können. Ich gehe voran. PVC steigt hinter mir, mit Wo-Tan auf dem Arm, hinab in die Tiefe. Langsam geht es abwärts, Stufe für Stufe. Eng ist der Treppenschacht. Bei Stufe zweihundertundfünfundsiebzig endet der senkrechte Schacht und die Treppe folgt nun der sich ausdehnenden Form eines kegelartigen Raumes. Immer weiter führt uns die schmale Treppe abwärts, an unserer linken Seite vom Fels begrenzt, rechts begleitet von der Leere des Raums, dessen Ausdehnung wir nicht erkennen, sondern nur erahnen können, denn es ist zu dunkel hier, in diesem in die Tiefe führenden Schacht. Zum Glück wird die Schräge der Treppe von waagerechten, kreisförmigen Stegen unterbrochen, die den Luftraum umfahren. Ab und zu ruhen wir uns aus, denn der Abstieg ist mühsam und erzeugt in uns eine starke Anspannung und Nervosität. Die Stufen sind rutschig und uneben. Bedrückend aber ist die Ungewissheit, die auf uns lastet. Wo befinden wir uns und wohin führen uns die Treppen? Eisige Stille herrscht in dieser vertikalen Welt der Finsternis, nur unsere Schritte hallen in der Dunkelheit mit vielfach gebrochenem Echo. Zum Glück hält sich Wo-Tan tapfer.

Nach endlos scheinender Zeit sind wir so erschöpft, dass wir auf einem der Stege niedersinken und in Schlaf fallen. In einen traumlosen Schlaf, denn Träume, Albträume erleben wir im Wachzustand beim Absteigen in dieser Welt ohne Ausweg. Als wir aufwachen, dauert es eine geraume Zeit, bis wir unsere niederdrückende Wirklichkeit begreifen.

PVC, 28. Oktober

Mühsam ist der Abstieg im Fels. Mühsam, weil die Stufen steil und uneben sind und wegen der herrschenden Dunkelheit. Zwar gewöhnen sich die Augen an das spärliche Licht, aber nach einer gewissen Zeit schmerzen sie vor Überanstrengung. Mühsam ist der Abstieg aber vor allem auch deswegen, weil es keine Erklärung für ihn gibt. Wir befinden uns in einem unglaublich langen, vertikalen Raum innerhalb einer Felsnadel, die in den Himmel reicht.

Aber wohin führt der Weg nach unten. In die Hölle, wie bei „Dante"? Weit in den Leib der Erde zu den geknechteten „Nibelungen", zu ihrem Gold? Etwas anderes fällt mir nicht ein.

Bemerkenswert ist, dass die anfänglich schmale Treppenröhre sich zu einem Raum wandelt, der langsam wächst. Sein Durchmesser weitet sich. Obwohl wir ihn nicht überblicken können, entsteht in meiner Vorstellung das Bild eines Raumes, der einer in die Unendlichkeit gedehnten Kuppel entspricht, die in eine Vielzahl von Segmenten untergliedert ist. Könnten wir ihn erblicken, müsste es ein dynamisches Raumerlebnis sein, zumal die Perspektive, schaute man nach oben, den Raum beschleunigen würde. Vielleicht gehen wir in die falsche Richtung? Der Raum ist nicht in die Tiefe, sondern in die Höhe gedacht. Von der Erde weg … hin zum Himmel! … in den Himmel!

Wir arbeiten uns immer weiter voran, das heißt, immer abwärts, denn es bleibt uns nichts anderes übrig. Wir haben keine Wahl. Verbissen geht es hinab. Treppe folgt auf Treppe, Steg auf Steg.

Auf einmal jedoch, völlig überraschend und ohne Anzeichen einer Veränderung, endet der Steg, auf dem wir uns gerade befinden, und führt direkt waagerecht in den Fels. Hellwach, mit höchster Aufmerksamkeit, folgen wir dem hohen, horizontalen Schacht. Er ist bequem zu begehen, trotz der Dunkelheit. Vor einer eisernen Tür endet er.

Wir lauschen. Nur unser angestrengter Atem ist zu hören. Dann öffnen wir bedächtig die Tür. Direkt vor uns befindet sich eine breite Treppe, die wir gespannt hinabschreiten, bis wir vor einer weiteren Tür stehen. Wieder stehen und lauschen wir. Geräusche sind zu hören. Es sind Stimmen, menschliche Stimmen. Verhalten und gedämpft dringt bruchstückhaft ein getragener Sing-sang an unsere Ohren. Vorsichtig öffnen wir die Tür einen Spalt breit und auf einmal brandet uns wie eine Flutwelle ein vielstimmiger, innbrünstiger Gesang entgegen, der uns überflutet, einhüllt und mit Wärme erfüllt. Wir verharren einen Moment in der geöffneten Tür und überlassen uns dem wohligen Gefühl, den die menschlichen Stimmen in uns wecken, nach all der durchlittenen Hoffnungslosigkeit, Kälte, Stille und Dunkelheit.

Der Raum vor uns liegt im schummrigen Halbdunkel und als wir ihn durchschreiten, öffnet er sich nach einem Knick zu einem überwältigenden Etwas. Wir betreten es und stehen in einer riesigen Kathedrale, die voller Menschen ist. Dicht an dicht drängen sie sich. Es ist eine unübersehbare, bunte Menschenmenge, die die lichtdurchfluteten Räume füllt und vor unseren Augen sanft hin und her wogt. Langsam schwillt der tausendstimmige Gesang an. Er durchdringt die göttliche Halle des Glaubens mit ihren himmelsstürmenden Räumen, deren schlanke Säulen und Dienste aufwärts jagen und in leicht gespannten Gewölben Baldachine bilden, dem Himmelszelt gleich. Der Blick wird emporgerissen, begleitet von der Symphonie des Lichts, das durch die bunten Fenster strömt und in leuchtender Farbigkeit die biblischen Heilsgeschichten zum Leben erweckt und ewige Erlösung verkündet.

Wir stehen draussen auf dem Platz. Vor uns die erhabene Gestalt der Kathedrale. Viele Menschen sind unterwegs, hasten vorüber, stehen in kleinen Grüppchen zusammen, sitzen auf Bänken und Stühlen, unterhalten sich, einige wenige lesen in Büchern, andere nehmen Getränke zu sich und essen oder schauen umher. Wir schauen zurück auf das gewaltige Steingebirge.
Filigran ist die Baumasse dieser Schöpfung der Kunst in unendliche Linien aufgelöst, die nur der einen Richtung huldigen, der vertikalen. Und dann der Turm. Die Krone dieses Kunstwerks. Seine Dynamik erfasst das Auge, reisst es empor in schwindelnde Höhe, um es schließlich am Kreuz in den Himmel, in die

Unendlichkeit zu entlassen. In diesem Moment kommt mir das Bild der felsigen Nadelspitze über dem Wolkenmeer in den Sinn und ich schaue noch einmal auf den Turm der Kathedrale, der vor meinem Auge in den Himmel schießt. Seine durchbrochene Kontur hebt sich deutlich gegen den grauen, wolkenverhangenen Himmel ab. Schnell ziehen die Wolken dahin, werden an einer Stelle dünner und ein blauer Fleck kommt zum Vorschein, durch den sich ein Sonnenstrahl schiebt und die Turmspitze im gleissenden Licht erstrahlen lässt. Geblendet schließe ich meine Augen. Langsam verdichtet sich der zart durchbrochene Turm, wird zu einer undurchdringlichen Masse eines felsigen Kegels vor dem Blau des Himmels. Am Fuße dieses kegelförmigen Gebildes sehe ich eine stadtähnliche Ansammlung von ineinander verschachtelten, kubischen Körpern, die aus demselben Material wie der Kegelberg zu bestehen scheinen. Die Sonne schiebt sich langsam an den Berg, der an seiner höchsten Stelle eine auffallende Einkerbung besitzt. Jetzt fällt ein Sonnenstrahl durch diese Kerbe und sein Licht bezeichnet wie ein leuchtender Finger eine Stelle eines kubischen Körpers und schreibt das Wort „Sommersonnenwende" auf seine Wand.

Blitzartig wird mir klar, dass ich dieses Bild, welches auf unbestimmte Art unheimlich und bedrohlich einem Menetekel gleicht, unmittelbar nach dem Biss in den Apfel gesehen habe.

Was sagte noch die Hüterin der Hesperiden: „Hüte dich vor Y!"

5. Kapitel

Im Kloster am Hang

Schnee bedeckt die Landschaft, lässt sie noch stiller werden und entrückt sie der Alltäglichkeit. Der Himmel ist blau. Einzelne Wolken ziehen bedächtig ihre Bahn. Nadelwald bedeckt die Täler und Berge, deren schroffe, bewuchslose Höhenzüge scharfkantig aus der unaufgeregten Landschaft hervorragen. Doch jetzt besänftigt die weisse Decke die Härte und alles erscheint lieblich und verträumt. Der Schrei eines Raubvogels stört die Stille. Er kreist in weiten Bahnen in der Luft und verschwindet hinter einem Berg. Einsam und schweigend liegt die Landschaft unter der Sonne. Eine feine Rauchwolke lenkt die Aufmerksamkeit auf einen Hang, an dem eine unaufdringliche Architektur im Einklang mit der Natur sich eingenistet hat. Es ist ein altes Kloster, welches die Abgeschiedenheit dieses Landstrichs gesucht hat und, wie der Rauch offenbart, bewohnt ist.

„Wir haben nicht alles verhindern können und müssen sehr aufmerksam sein, noch aufmerksamer."

Die Worte stehen unmissverständlich als Aufforderung im Raum und rufen ein stilles, energisches Kopfnicken bei den Anwesenden hervor.

Wo-Tan, 15.November

Ich bin froh, dass wir den anstrengenden Abstieg in dem dunklen Berg glücklich hinter uns und vor allem, gut überstanden haben. Endlich kann ich mal wieder laufen, schnuppern, buddeln und mich an der Natur erfreuen. Schließlich bin ich ein Canide und nicht dazu auserkoren, irgendwelchen Zielen nachzujagen, sondern Karnickeln. Worin eigentlich das Ziel, welches August und PVC so hartnäckig verfolgen, besteht, ist mir nicht ganz klar, es interessiert mich aber auch nicht sonderlich.

Ich denke, dass August nicht alle Hintergründe und Einzelheiten weiss, denn der Chef ist PVC. Er ist es, der die Fäden spinnt und in seinen Händen zusammenhält.

Von ihm geht der Antrieb aus, er ist die treibende Kraft.

August ist mit Inbrunst an dem Vorhaben beteiligt und arbeitet begeistert mit. Ihm geht es aber mehr um das Tun, um die Überwindung von Hindernissen, um das Meistern gefahrvoller Situationen, um das Bestehen von Abenteuern, um das Erringen eines Zieles und weniger um das Ziel selbst. PVC hingegen brennt für das Ziel.

Bisweilen überfällt mich ein Gedanke, der mich beunruhigt. Manches Mal, in Augenblicken in denen PVC sich unbeobachtet fühlt, bekommt er einen Ge-

sichtsausdruck, der mich befremdet. Er schaut dann einen Wimpernschlag lang mit Augen, die stumpf sind, keine Tiefe haben, die besetzt sind. Besetzt von einem unerbittlichen Drang, der ihn blind macht für alles andere. Einige würden bestimmt meinen, wenn sie ihn so sähen, dass ein Dämon in ihm stecken würde. Wir Caniden sind ja von der Existenz von Dämonen überzeugt. Alles in der Natur ist lebendig und spricht zu uns, allerdings überwiegend zu unseren Nasen. Und meine Nase vermeldet nichts Ungewöhnliches von PVC. Somit ist alles in Ordnung und wie gesagt, es ist sehr selten und nur einen Wimpernschlag lang, dass er so schaut.

Aufregend ist es mit August und PVC, langweilig ist es mit den beiden nie. Wenn ich daran denke, womit der Tag der anderen Hunde angefüllt oder besser, nicht angefüllt ist, dann weiß ich mein Leben mit den beiden zu schätzen, auch wenn es machmal unangenehm und hart zugeht.

Die letzten Tage aber waren ganz nach meinem Geschmack und heute ist es ebenfalls wieder wunderbar. Überall in dem Wald, in dem wir uns seit geraumer Zeit bewegen, riecht es aufregend und so mancher Spur gilt es nachzuforschen.

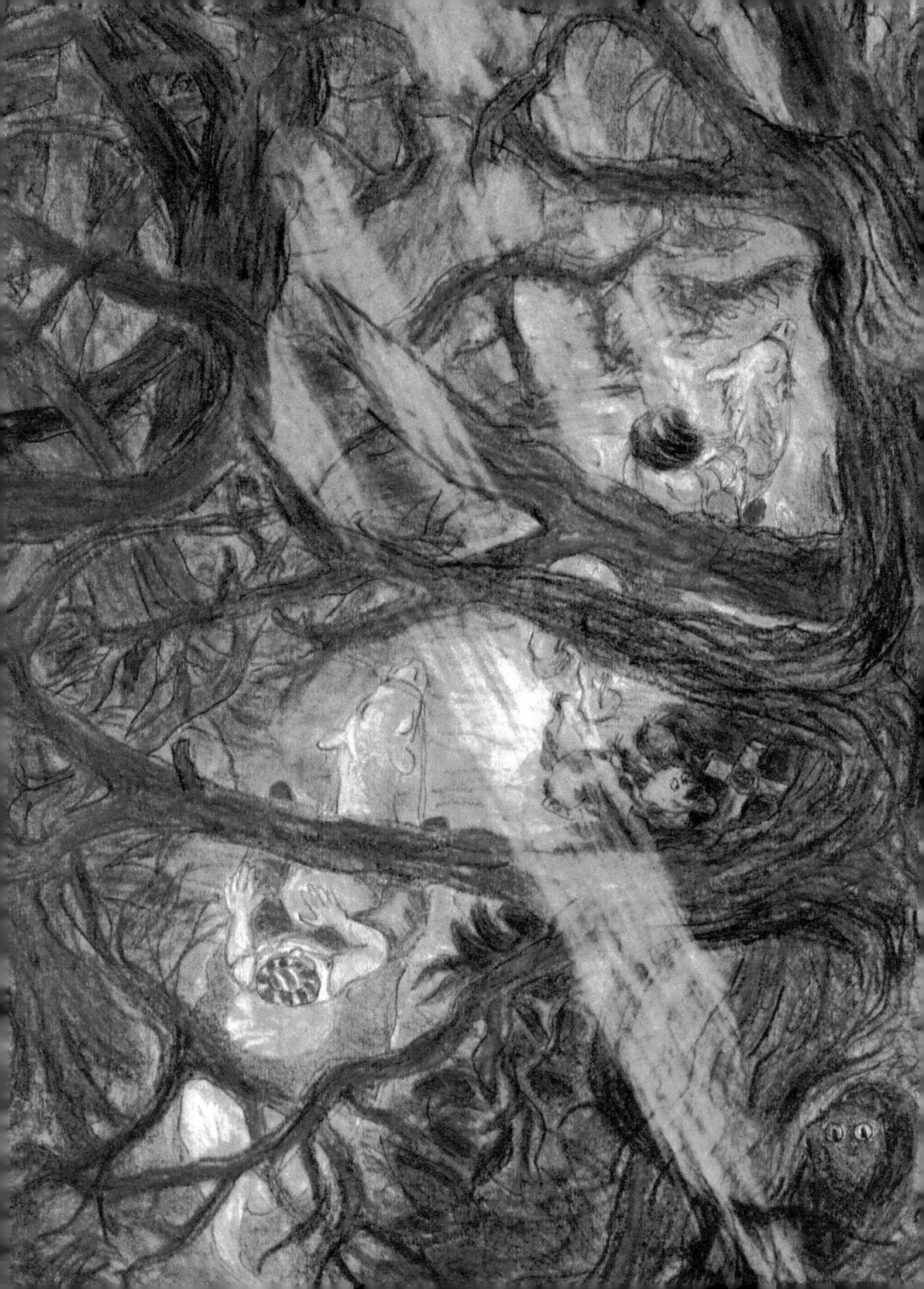

Vor mir reiten August und PVC. Sie sitzen auf zweihöckrigen Kamelen und ziehen ruhig dahin und so bleibt mir genügend Zeit, meiner canidischen Bestimmung zu folgen. Das macht so richtig Spaß.

PVC, 15. November

Zwei Aussagen bestimmen unser Handeln. Beide sind vage und auf ihre Weise unbestimmt, das meint, dass sie sich nicht verorten lassen. Der gestürzte Ikarus zeigt den Weg, aber, wo ist er gestürzt? Und das Bild, welches ich gesehen habe. Wo liegt der Berg mit den Häusern? Wenn wir den jeweiligen Ort nicht herausbekommen, sind die Hinweise für uns wertlos.

Eine, wenn auch sehr ungenaue Andeutung zur Lage des Ortes, ist die, dass das gesehene Bild in mir blasse Erinnerungen wachruft. Die Art der kubischen Architektur in ihrer formalen und stofflichen Ausformung, wie sie in die Landschaft eingebunden ist am Berghang, aber auch die ganze Atmosphäre des von mir geschauten inneren Bildes weisen auf etwas von mir Gesehenes hin. Es erinnert mich vage an eine Region im Land der M., in der ich mich vor Jahren, auf einer meiner Reisen aufgehalten habe. Die Region ist allerdings ziemlich groß und von unserem jetzigen Standort sehr weit entfernt, aber wir haben keine andere Wahl. Ich habe mich an den Vermittler gewandt, ob er uns jemanden nennen und gegebenenfalls vermitteln könne, der sich in der Region auskennt. Über S.12 habe ich ihn informiert. Wir erwarten seine Antwort in der Stadt K. , die auf unserem Wege liegt.

Wir haben lange überlegt, ob wir nach den Ereignissen in S.12 uns an den Vermittler wenden sollten. Der Vermittler ist uns persönlich nicht bekannt. Er hatte von meinen Ambitionen erfahren und nahm vor geraumer Zeit anonym Kontakt zu mir auf. Er zeigte sich als sehr informiert und wissend und bot seine Hilfe an, die ich auch in Anspruch nahm und die für mich hilfreich war. Wir denken, dass das Ausbleiben des Führers in S.12 nicht auf einen Fehler oder Versäumnis vom Vermittler zurückzuführen ist - er hat sich in der Vergangenheit als zuverlässig erwiesen.

August H, 16. November

Das Land der M. ist weit entfernt. Wir lassen uns Zeit, zumal wir ja noch in K. Station machen wollen, um die Nachricht vom Vermittler abzuwarten. Wo-Tan ist guter Dinge und PVC auch. Er strahlt Zuversicht aus und ist von einer gelassenen Stimmung, die bei ihm nicht so häufig zu beobachten ist. Er macht sogar Scherze.

Immer wieder überrascht mich die Intensität, mit der PVC Phänomene der Natur wahrnimmt und sich an Dingen erfreuen kann, die auf den ersten Blick nichts Besonderes an sich haben. So kann es passieren, dass er den Lichteinfall der späten Sonne auf den Baumstämmen im Wald bewundert, die Färbung eines Blattes bestaunt oder den kühnen Schwung eines sich im Wind biegenden Halmes.

Häufig greift er in diesen entspannten Situationen zu seinem Skizzenbuch, das er immer in seiner Tasche bereit hält, zeichnet und notiert sich das ihm Bemerkenswerte. Meist sind das natürlich Architekturen und Landschaften, am liebsten beides zusammen, Bauwerke in der Natur, Bauwerke und Natur.

„Die Architektur ist Artefakt, von den Menschen erdacht und gemacht, die Natur ist gegebene Schöpfung, spannender kann ein Gegensatz nicht sein!"

In diesen Momenten scheint es so, als ob wir absichtslos, zum Vergnügen durch die Landschaft streifen würden, nur der Laune des Augenblicks gehorchend. Ab und zu, nicht oft, wünsche ich mir, dass es so wäre. Etwas zu tun, ohne dass ein gegebenes Ziel mahnend über uns schwebt.

August H, 28. November

Der Wald, den wir seit Tagen durchqueren, ist sehr abwechslungsreich. Immer wieder wechseln sich freundliche Lichtungen, auf denen herbstlich bunte Blumen stehen, mit Laub- und Nadelgehölz ab. Dichterer Bewuchs folgt auf lichteren. Hügeliger Untergrund wechselt mit ebenen, sanften Flächen.

Nach langer Zeit kommen wir in Landschaften, die bewohnt sind. Wir passieren mehrere kleine Dörfer und Städte, schauen uns dort um und ergänzen unsere Vorräte. Eine denkwürdige Nachricht lesen wir in einer Zeitung. In großer Schrift steht geschrieben:

„Säbelzahntiger gesichtet! Er galt seit 12.000 Jahren als ausgestorben ...!"

Wir stehen vor einer weiten Ebene. Hinter uns im Rücken liegt eine Waldlandschaft und vor uns fällt das Gelände leicht ab. Weit können wir schauen. Kein Bewuchs oder Erhebungen versperren uns die Sicht. Spärlich wachsen Gräser auf dem sandigen Boden.

„Da müssen wir durch", sagt PVC und hebt seinen Blick vom Kompass zum Horizont. Ein leichter Wind weht uns entgegen und trägt einen schwachen, eigenartigen Geruch mit sich, der mir unangenehm ist. Wo-Tan läuft voran, wir folgen. Nach einiger Zeit ist der dürftige Bewuchs am Boden ganz verschwunden und der sandige Untergrund verwandelt sich allmählich in eine glatte Fläche. Vor uns liegt nun eine Ebene, so plan, wie ich eine Ebene noch nie gesehen habe. Der Begriff Fläche oder Scheibe ist angebrachter, denn was sich unseren Augen darbietet, ist glatt und unberührt von jeglicher Vegetation.

Wir ziehen weiter, dem fernen Horizont entgegen. Nichts bietet dem Auge Halt: kein Baum, kein Strauch, kein Hügel. Auch der Himmel ist eine gestaltlose Luftmasse, undurchdringlich und bedrückend. Nirgendwo ist etwas was die Sinne reizt, sich ihnen als Spielball anbietet, um ihren immerwährenden Drang nach Aktivität zu stillen. Wir ziehen weiter, immer weiter. Immer weiter? Waren wir an dieser Stelle nicht schon einmal? Alles ist gleich, es gibt keinen Anhaltspunkt, aber irgendetwas in mir meint, dass wir an dieser Stelle schon einmal waren. Bewegen wir uns im Kreis, ohne Anfang und Ende? Ich bin zu müde, um zu erschrecken.

PVC, 30. November

Seit Tagen befinden wir uns auf dieser öden, unwirtlichen Fläche mit ihrem befremdlichen Geruch. Die Eintönigkeit, die uns umfängt, tötet. Ich versuche, mich gegen die Monotonie zu stemmen, male in Gedanken Bilder, rezitiere Gedichte, formuliere Abhandlungen, suche Erinnerungen auf oder stelle mir Zukünftiges vor. Es hilft nicht. Die Monotonie mit ihrer Verbündeten, der Zeit, ist übermächtig. Sie umfängt mich, dämpft und korrumpiert mein Bewusstsein. Apathisch, in Trance, dämmere ich dahin. August ergeht es ebenso, nur Wo-Tan ist nichts anzumerken. Sie läuft voraus, munter wie immer, und schaut sich hin und wieder zu uns um. Irgendwann taucht in mir der Gedanke auf, dass wir uns auf der Oberfläche einer unermesslichen, gläsernen Kugel bewegen. Mir scheint, dass der Untergrund schimmert, dass er Transparenz besitzt. Hellere und dunklere Flächen werden sichtbar, wechseln sich ab, bilden Muster, erscheinen übereinandergelegt und ineinanderverzahnt, durchdringen sich. Einzelne Flächen beginnen sich zu krümmen, verformen sich und Körper entstehen, Kuben, die sich in die Tiefe stapeln und schichten. Sie wachsen zu Gebilden zusammen, die zugleich Körper und Raum sind. Immer gewaltiger werden die Räume, immer unübersichtlicher, immer verschachtelter. Es ist ein ineinanderverwobenes, verwirrendes Geflecht. Es wächst in die Tiefe, ins Unermessliche. Abgründige Raumgebilde mit scheinbar nicht zu fassenden Begrenzungen umfangen uns, weben uns ein wie Insekten ins Spinnennetz.

86

Dunkle, schwere Masse umgibt uns. Riesige Gesteinsblöcke formen sich in unseren Augen zu archaischen Baugliedern einer zyklopischen Architektur. Bögen, Pfeiler, Säulen, Gewölbe entstehen und bilden Räume von gewaltigen Dimensionen. Und Treppen. Überall Treppen. Wir befinden uns in einer beängstigenden Steinlandschaft ohne Halt. Nichts Vertrautes besänftigt, nichts ist vorhanden, an dem sich unser Bewusstsein anlehnen kann. Die beruhigende Gewissheit einer durchgängigen Bezugsebene als existenzielle Grundlage wird verweigert. Dieses labyrinthische Raumgefüge bietet keinen Rückhalt, bedrängt, beängstigt, verschlingt uns. Riesige Ketten hängen an einigen dieser zyklopischen Mauern und Pfeilern, wie Girlanden eines Festes der Verzweiflung. Gewaltige Räder, Balken und Konstruktionen aus Holz erscheinen als Boten einer archaischen Höllenmechanik.

Auf einer der Treppen, die wir hinaufsteigen, kommt uns eine Person entgegen. Sie leuchtet in dieser dunklen Welt des Schattens, in der die Lichtstrahlen die Dramatik der Räume steigern und das Düstere verstärken. Die Person trägt ein weisses Clownsgewand und hat ein grell geschminktes Gesicht. In der Hand trägt sie einen zepterartigen Stab. Tänzelnd kommt sie uns entgegen.

„Ah, wen haben wir da? Neue, liebe Gäste. Ich bin hoch erfreut, euch begrüßen zu dürfen und heiße euch hiermit herzlich willkommen."

Der Clown hält inne, hebt seinen Arm mit dem Zepter und fährt dann mit einem Lächeln fort:

„Willkommen in den Carceri. Willkommen in dieser außergewöhnlichen Welt. Ich hoffe, ihr wisst es zu schätzen, bei Piranesi Gast sein zu dürfen. Ihr werdet euch noch ein bisschen umschauen müssen, um mit den Dingen vertraut und heimisch zu werden. Es gibt viel zu entdecken und zu bestaunen. Zeit dazu habt ihr."

Nach einem kurzen Augenblick fährt er lächelnd fort:

„Ich wünsche euch, dass ihr euch hier in dieser exquisiten Welt wohlfühlen und ihr Vergnügen an ihr finden werdet."

Der Clown unterbricht seine Rede, setzt ein höhnisches Lächeln auf. Dann sagt er gedehnt, mit leiser Stimme:

„Das Sichwohlfühlen wäre für euch von Vorteil. Ihr bleibt ja noch ein Weilchen.

Ein kleines Weilchen ... bis zu eurem Ende. Hinaus kommt ihr nicht. Keiner kann diesem Labyrinth der Unendlichkeit entkommen, es gibt keinen Ausweg. Viel Spaß und lasst euch die Zeit nicht zu lang werden."

Der Clown nickt uns zu und bevor er weitereilt, wirft er August eine gläsern aussehende Kugel zu.

Wo-Tan knurrt.

Wo-Tan, 30. November

Ich verstehe PVC und August nicht. Ich weiß nicht, was mit ihnen los ist. Sie blicken mit stumpfen Augen herum, reden Unverständliches und scheinen von irgendetwas so beeindruckt zu sein, dass sie ab und zu Ausrufe einer maßlosen Überraschung, eines fröstelnden Staunens, eines tiefen Schreckens ausstoßen. Irgendwie sind sie nicht bei Sinnen. Mir kommt es vor, als ob die beiden sich nicht in dieser Welt bewegen würden, denn hier in dieser öden Ebene gibt es kaum etwas zu bestaunen und Überraschendes, gar Furchtbares ist außer Sichtweite. Ich muss etwas unternehmen, so geht es nicht weiter!

PVC, 30. November

In meinem Kopf taucht auf einmal ein Gedanke auf. Erst ist er eine vage Vorstellung, mehr ein verschwommenes, unscharfes Bild, das diffus in mir erscheint. Allmählich verdichtet sich das Bild und wird schärfer. Ich sehe eine Höhle, eine dunkle Höhle. In ihr befinden sich Menschen, die gebannt auf ein Schattenspiel schauen, welches sich an der gegenüberliegenden Höhlenwand abspielt als Abglanz der wirklichen Welt. Für die Höhlenmenschen allerdings ist die Schattenwelt die wirkliche Welt.

Vielleicht bewegen wir uns auch in einer Schattenwelt. In einer Welt der Illusion, in der Welt von Piranesi. Seine Bilder sind für uns Wirklichkeit geworden, wir irren in seinen Bildern herum. Seine phantastischen Bilder umhüllen uns, sind da, besetzen uns, nehmen uns ganz und gar gefangen.

Irgendjemand oder irgendetwas zwingt uns die Bilder in unser Bewusstsein, stülpt sie uns über, verhüllt die Wirklichkeit und macht die Bilder zu unserer Wirklichkeit. Wir müssen etwas unternehmen. Wir müssen die Illusion zerstören. Wir müssen die Bilder zerstören, wir müssen Piranesi zerstören!

Und Wo-Tan muss uns helfen!

Sie gehorcht ihrer Triebstruktur, ist ausschließlich an die wirkliche Welt gebunden. Sie kann keinen Illusionen erliegen, kann in keiner Parallelwelt leben, sie hört allein auf die ewige Stimme der Natur.

Auf einmal dringt ein Ton in meine Ohren. Er schwillt an, bohrt sich in mein Gehör und bläst in alle Windungen meines Hirns. Der Ton wächst, wird zum Geheul, zum Wolfsgeheul. Schauerlich klingt er, dieser Urschrei. Es ist die ewige Stimme der Natur, die hörbar wird und alles Erdachte beiseiteschiebt. Hier rufen Jahrmillionen und Piranesi verdampft.

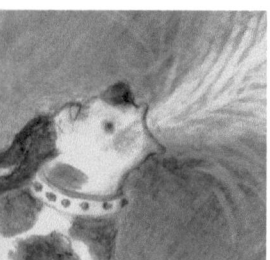

Wo-Tan, 30. November

Ich überlege, was ich tun kann, um August und PVC auf den Boden der Wirklichkeit zu zerren. Bellen, darauf reagieren sie nicht, ebenso ist eine Ansprache zwecklos. Den Kamelen in die Beine beissen, damit sie die beiden abwerfen, könnte eine Möglichkeit sein, kann aber zu Verletzungen führen. Laut singen ... nun ja, aber ... heulen könnte ich, so richtig laut heulen nach Art unserer Vorfahren. Das machen Hunde selten, aber sie können es und die Menschen sind dann immer, wie ich weiß, zutiefst davon getroffen und in ihrem Innersten berührt. Diese Töne wecken Verschollenes aus vergangenen Zeiten.

Ich heule also. Einmal und noch einmal. Und ein drittes und viertes Mal. Und siehe da: Die Kamele zittern und PVC und August verlieren ihren stumpfen Blick. August atmet tief durch und sagt, zu PVC gewandt:

„Vorwärts, wir haben noch einiges vor", und PVC lächelt mich bedeutungsvoll an.

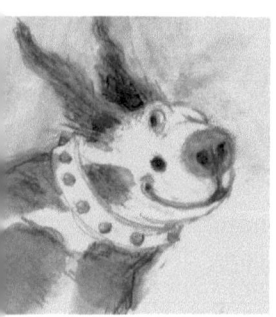

August H, 30. November

Die öde Ebene scheint endlich ein Ende zu nehmen. Die Luft ist klarer geworden und der Himmel heller. Wolkenlöcher geben der Sonne eine Chance. Nach einiger Zeit ändert sich die karge Ebene, Buschwerk zeigt sich und einzelne Bäume. Es ist eine leicht hügelige, locker bewachsene Landschaft mit versöhnlichem Charakter. Langsam wachsen die Hügel und die Vegetation nimmt zu. Überwiegend zypressenartige Bäume bestimmen das Bild. Vor uns liegt jetzt ein sanfter, talartiger Einschnitt,

den wir passieren und an dessen Ende wir Teile von Architektur entdecken, die durch Bäume verdeckt, ausschnitthaft hervorschimmern. Noch sind wir zu weit entfernt, um sie erkennen zu können. Beim Näherkommen sehen wir, dass es sich um eine kreisförmig aufgebaute Anlage handelt, die ein wenig erhöht, in einer kleinen Lichtung eingebettet ist. Ein äußerer Kranz von grob behauenen Säulen, die in größerem Abstand zueinander stehen, grenzen einen Bereich aus der Landschaft aus und bildet einen durchlässigen Raum, in dessen Mitte sich ein tempelartiges Gebäude befindet. Dieses wird ebenfalls durch einen Säulenkranz gebildet, der ein leicht gewölbtes Dach trägt. Darunter lagert ein wuchtiger, schlichter Steinblock mit vier hohen Einschnitten, auf jeder Seite einer.

Unsere Kamele haben wir vor dem äußeren Säulenring an einen Baumstamm angebunden und betreten nun den wuchtigen Kubus, der einen quadratischen Grundriss besitzt. Ein dämmriger, schlichter Raum, aus dem riesigen Felsblock herausgeschlagen, empfängt uns. Kühl ist es hier drinnen. Die Mitte des Raumes beherrscht, einem Altar gleich, ein senkrecht stehender, knapp mannshoher Quader. Auf ihm befindet sich eine kleine Glasglocke. Die Wände des Raumes sind kahl und besitzen mehrere in den Stein gehauene Nischen, in denen verschiedene Früchte und Blumen und, uns wird etwas unwohl bei dem Anblick, einige tote Tiere abgelegt sind. Nachdem wir den Raum kurz betrachtet haben, sagt PVC:

„Ich habe das Gefühl, dass wir diese, wie es scheint über dem Alltag stehende, geweihte Stätte verlassen sollten."

Er wirft noch einen kurzen Blick auf den in der Mitte stehenden Kubus und dann entfernen wir uns aus dem dämmrigen Raum.

Als wir draußen sind, sehen wir in einiger Entfernung Menschen, die auf die Anlage zukommen. Langsam, sich munter unterhaltend, bewegen sie sich in lockeren Grüppchen auf den säulenumgürteten Bezirk zu, den wir mittlerweile verlassen haben. PVC zückt sein Skizzenbuch, um die Situation zu zeichnen. Ich stehe daneben und schaue auf die näher kommenden Leute.

Absichtslos greife ich in meine Tasche und spüre einen harten, runden Gegenstand. Ich öffne meine Hand und in ihr liegt eine Kugel, die aus einem glasähnlichen Material gefertigt ist. Heftig schillert sie im Licht der Sonne, blitzt und blinkt.

PVC ist mit seiner Skizze fertig und wir verlassen den Ort.

„Schau", sage ich zu PVC und halte die Kugel in meiner Hand, „was ich in meiner Tasche entdeckt habe, ich weiß gar nicht, woher diese Kugel stammt."

PVC runzelt die Stirn, zuckt mit den Schultern und schaut nachdenklich drein. Dann ziehen wir weiter.

Einzelne Häuser, aus Lehm erbaut, liegen zerstreut in der Landschaft. Bebaute Felder und Vieh säumen unseren Weg. Die Sonne scheint und es herrschen angenehme Temperaturen.

Auf einmal hören wir hinter uns tumultartigen Lärm, der näher kommt. Wir schauen uns um und gewahren eine aufgebrachte Menschenmenge, die schreit und wild gestikuliert. Aus ihr lösen sich mehrere Reiter. Es dauert einen Augenblick, bis wir begriffen haben, dass der Tumult uns gilt.

„Los!", rufe ich, „wir müssen fliehen!", aber PVC schüttelt seinen Kopf und sagt bestimmt:

„Die sind schneller als wir und durch eine Flucht verschlimmern wir nur die Situation."

Schnell haben uns die Reiter eingeholt und bilden einen Kreis um uns. Sie schauen nicht gerade freundlich, im Gegenteil, sie blicken uns finster an und scheinen sehr aufgebracht zu sein. Drohend richten sie ihre Waffen gegen uns.

Unmissverständlich bedeuten die Männer uns, umzukehren und zwingen uns in raschem Tempo zurück.

Vor einem größeren Gebäude halten wir an. Viele Leute haben sich vor dem Haus zusammengerottet und wenden sich laut rufend und drohend gestikulierend gegen uns. Die bewaffneten Reiter schirmen uns ab und nötigen uns, von unseren Reittieren abzusteigen. Auf einmal erlischt der Tumult. Aus dem Haus treten vier ältere Männer und bleiben in einiger Distanz vor uns stehen. Sie schauen uns mit zusammengekniffenen Augen an und auf ein Zeichen von ihnen halten vier der Bewaffneten uns fest. Ein fünfter durchsucht uns.

Mit einem lauten Schrei hält er triumphierend die gläserne Kugel aus meiner Tasche in die Höhe. Sie blinkt und glänzt in der Sonne. Die Menge schreit schrill auf, dann ebbt das Geschrei zum andächtigen Raunen ab und alle knien nieder. Unsere Bewacher zwingen uns mit Gewalt auf den Boden, in den Staub.

Uns ist klar geworden, dass die Kugel mehr als eine Kugel ist. Sie besitzt offenbar für die Leute symbolischen, magischen, religiösen Wert oder ist gar etwas Heiliges. Als ich vorsichtig aufblicke, sehe ich in der Menschenmenge eine Person, die höhnisch zu uns herüberlächelt. Ihr Gesicht ist weiss geschminkt und sie trägt ein - Clownskostüm.

6. Kapitel

PVC, 6. Dezember

Wir sind auf der Insel der Verdammten gefangen. Mitten in einem gewaltigen Strom liegt die Anlage, die auf einem flachen, knapp unter der Wasseroberfläche befindlichen Felsen errichtet ist. Wie ein einsames Schiff schwimmt die imposante Architektur auf den Fluten des Flusses, der sich zum nahegelegenen Meer weit öffnet. Das Bauwerk besteht aus einem länglichen Rechteck, dessen Schmalseiten Halbkreise sind. Es umschließt einen nach oben offenen Innenhof gleicher Form. Wir sind zur Zeit die alleinigen Insassen dieser Zwingburg, wie wir nach Durchsuchung der einzelnen Räume feststellen. Aber vor uns müssen viele weitere Menschen hier gewesen sein, gefangen gewesen sein ... In einem Raum liegen Schädel, eine große Menge Menschenschädel und Knochen auf dem Boden verstreut.

„Das ist kein Gefängnis, das ist eine Hinrichtungsstätte", stellt August erstaunlich ruhig und nüchtern fest. Er sagt es, als ob es uns nicht beträfe. Manchmal ist es so, dass in größter Bedrängnis das Bewusstsein die Realität bemäntelt als Selbstschutzmaßnahme, um irrationales Handeln, Kopflosigkeit zu vermeiden.

Mich erschüttert der Anblick der Gerippe stark und ich bekomme weiche Knie. Was sollen wir machen, denn es scheint ja nur eine Frage der Zeit, dass uns das gleiche Schicksal ereilen wird.

Wir schauen aufs Wasser, das uns umgibt. Leichte Wellen lecken an dem alten Gemäuer. Der Fluss fließt langsam und unaufhaltsam in Richtung des offenen Meeres. In großer Entfernung zeichnen sich die Ufer als blaugraue Silhouetten am Horizont ab. Der Himmel ist grau mit dunklen Wolken verhangen.

Unsere Gedanken umkreisen nur eine Frage. Wie können wir diesem schauerlichen Ort entfliehen?

Ausdauernde und sehr geübte Schwimmer würden es vielleicht schaffen können, eines der Ufer zu erreichen, ohne von der Strömung des Flusses ins offene Meer abgetrieben zu werden. Und wenn sie doch ins Meer getrieben würden, bestände die Hoffnung, von Fischern oder anderen Leuten gerettet zu werden, bevor das Meer sie verschlingt.

In solchen Situationen setzt man alles aufs Spiel, denn die Hoffnung treibt die Menschen voran und lässt sie jedes Risiko, mag es noch so groß sein, eingehen.

Das Problem dieser im Wasser gelegenen Zwingburg besteht aber in der Anwesenheit von Krokodilen. Überall im Fluss schwimmen sie, soweit wir schauen können, in größerer Anzahl herum. Sie sind die aufmerksame und todbringende Wachmannschaft dieses Gefängnisses. Ja, wir bräuchten ein Boot oder einen Ballon. Dann könnten wir der tödlichen Lage entkommen.

Unsere Situation ist aussichtslos. Auf einen Sinneswandel oder Gnade von den Bewohnern zu hoffen, ist utopisch.

„Weißt du", sagt August nach einiger Zeit, während der wir gedankenversunken aufs Wasser geschaut haben, „vielleicht sind die Krokodile denen ähnlich, auf denen wir gefahren sind. Vielleicht legen die sich auch auf den Rücken und bringen uns über das Wasser zum Ufer?"

Ich bewundere mit welcher Zuversicht und Energie August versucht, die Idee zu unserer Befreiung umzusetzen. Natürlich benötigen wir eine Flöte. Holz finden wir nicht, auch Treibholz nicht. Ohne Scheu sucht August sich aus den Gebeinen der Toten einen geeigneten Knochen und bearbeitet ihn mit seinem Taschenmesser, das ihm unsere Widersacher bei der Durchsuchung nicht abgenommen haben.

Geschickt schnitzt er in den Knochen, es ist der Oberschenkelknochen, Grifflöcher und Mundstück.

Als August nach einem Tag ununterbrochenerer Arbeit die Flöte an seinen Mund setzt und erwartungsvoll bläst, entfliehen seinem Instrument beachtliche Töne. Ich bin begeistert, kann es kaum glauben und August freut sich über seinen Erfolg. Aber nun kommt die wirkliche Schwierigkeit: Dem Instrument die unsäglichen Töne zu entlocken, die die Krokodile dazu bewegen könnten, zu uns zu kommen und sich auf den Rücken zu drehen, wie wir es erlebt haben.

August sitzt im Innenhof und bläst und bläst. Stundenlang. Ich habe noch Erinnerung an die grauenvollen Töne, die der Krokodilbläser damals produziert hat, und das, was August jetzt bläst, hat damit noch wenig Ähnlichkeit.

August lässt nicht nach. Wo-Tan hat sich in die äußerste Ecke unseres Gefängnisses verkrochen. Sie kann die Töne nicht ertragen. Mir geht es ebenso. Aber, es muss sein. Die Hässlichkeit muss erarbeitet werden, auch sie hat ihren Preis.

Am zweiten Tag flötet August in die Richtung des Flusses. Die schrillen Töne torkeln über das Wasser, doch die anwesenden Krokodile bleiben ungerührt. Möwen, die am oberen Rand der Bebauung sitzen, drehen ihren Kopf zu August und fliegen nach einem Augenblick aufgeregt, laut kreischend in die Luft. August übt im Innenhof weiter. Dass er seine Lippen überhaupt noch bewegen kann, ist ein wahres Wunder.

Der dritte Tag bricht an. August bläst und übt schrille, widerwärtige Tonfolgen. Jetzt sitzt er wieder an der Aussenmauer, vor ihm der weite Fluss. Eine entsetzliche Tonfolge schallt über das Wasser. August setzt die Flöte ab. Erwartungsvoll blickt er auf ein Krokodil, das in kurzer Distanz vorbeischwimmt. Das gewaltige Reptil hält inne, dreht seinen Kopf und schaut in unsere Richtung. Voller Spannung warten wir. Dabei fällt mir ein Punkt auf, der mich irritiert.

Es ist ein größer werdender, dunkler Fleck vor dem Ufer, der, wie mir scheint, sich in unsere Richtung bewegt. Der Fleck wächst, wird zum Boot. Und das Boot bewegt sich in Richtung Gefängnisinsel.

August bläst nun eine weitere Tonfolge in Richtung des verharrenden Krokodils. Es macht aber auch jetzt keine Anstalten, zu uns zu schwimmen, wenngleich es mit seinen kleinen Augen immer noch neugierig zu uns blickt. Ein zweites Krokodil schaut jetzt zu August herüber. Offenbar sind die Töne aus Augusts Flöte in der Lage, die Echsen zu beeindrucken. Er ist sicherlich dicht daran, das richtige Signal zu finden.

„August, beeile dich!", sage ich im flehentlichen Ton zu mir, „unsere Henker kommen!"

Das Boot nähert sich unaufhaltsam.

Wieder bläst August eine schreckliche Tonfolge. Aber auch sie zeigt nicht die erhoffte Wirkung auf die Krokodile, aber einige Möwen versammeln sich aufgeregt kreischend über dem Wasser. Als August weiterbläst, werden es immer mehr Möwen, die herbeigeflogen kommen, wild durch die Luft kreisen und ein ohrenbetäubendes Geschrei verursachen.

Das Boot hat sich inzwischen so weit der Gefängnisinsel genähert, dass wir die Insassen erkennen können. Sie sind bewaffnet und blicken grimmig entschlossen in unsere Richtung.

Verzweifelt bläst August mit aller Energie noch einmal in seine beinerne Flöte und die allerschrillsten Töne verlassen sein Instrument und eilen über das Wasser.

Die Krokodile verharren und schauen. Aber auf einmal stürzt sich die wilde Horde der in der Luft hektisch flatternden Vögel, entsetzlich schreiend, auf die Insassen des Bootes.

In rasender Wut, wie von wilden Dämonen besessen, hacken die kämpferischen Möwen mit ihren scharfen Schnäbeln auf die Bootsleute ein, die sich verzweifelt zu wehren suchen. Unzählige dieser räuberischen Vögel bilden ein wirbelndes, kreischendes Knäuel, dem die Insassen des Bootes gnadenlos ausgeliefert sind.

In ihrer Verzweiflung, um den furchtbaren Schnäbeln der Tiere zu entkommen, stürzen sie sich kopflos ins Wasser.

Gebannt haben wir den blitzartigen Überfall verfolgt.

Das Boot ist leer, es treibt auf uns zu. Die Möwen fliegen mit lauten Schreien fort.

Stille liegt über dem Wasser, nur leise plätschern sanfte Wellen ans Gemäuer des Gefängnisses.

Rot ist das Wasser!

7. Kapitel

PVC, 13. Dezember

Nach längerer Fahrt hat uns das Boot ans Ufer gebracht und nun befinden wir uns in K. Eine Nachricht vom Vermittler wartet auf uns. Er teilt uns mit, dass er eine kundige und tatkräftige Person, wie er sich ausdrückt, dafür gewinnen konnte, uns im Land der M. zur Seite zu stehen. Die Person werde an einem noch auszumachenden Ort zu uns stoßen.

Wir versuchen in K. die kürzeste und gefahrloseste Route zum Land der M. herauszufinden, denn es ist eine weite Strecke. Eine bedeutende Distanz mit vielen Unwägbarkeiten liegt vor uns. Auf keinen Fall, so sagt man uns, sollten wir durch das Tal der Zeit ziehen, welches einige Tagesreisen von K. entfernt liege. Es zu umgehen, bedeute zwar einen gewaltigen Umweg, aber der müsse in Kauf genommen werden, denn das Tal der Zeit sei nicht passierbar. Einige Unbelehrbare hätten vor geraumer Zeit versucht, das Tal zu durchqueren. Sie scheiterten und wurden nie mehr gesehen.

Das Geheimnis des Tales sei, dass man eine gewisse Geschwindigkeit benötige, um den Raum zu überwinden. Falle die Reisegeschwindigkeit unter ein bestimmtes Maß, dehne sich der Raum und man könne ihm nicht mehr entkommen. Auch mit schnellen und ausdauernden Reittieren sei man zu langsam, so dass die Zeit schrumpfe und der Raum sich weite. Die einzigen Lebewesen, die dem Tal der Zeit entkommen könnten, seien die Vögel.

Die Schilderungen des geheimnisvollen Tales beeindrucken uns und wir suchen, wenn sich es sich ergibt, mit anderen Personen das Gespräch über dieses Thema. Viele Leute in K. interessieren sich nicht dafür, einige aber sehr.

Wir kommen in Kontakt mit einer Person, die sich als Erfinder und Konstrukteur vorstellt. Als wir auf das Tal und seine Problematik zu sprechen kommen, meint er, dass die Frage der fehlenden Geschwindigkeit durchaus lösbar sei. August und ich werden hellhörig.

„Wie meinen Sie das. Schneller als ein gutes Pferd kann man im Gelände doch nicht sein oder ... man muss fliegen, mit einem Ballon, allerdings bei heftigem Wind, wegen der Geschwindigkeit", sagt August.

Unser Gegenüber lächelt und nickt zustimmend mit seinem Kopf.

„Nun, der Verweis auf den Wind ist gut. Der Wind spielt in der Tat bei der Lösung des Problems eine wichtige Rolle. Ohne Wind geht es nicht. Im Tal der Zeit weht ständig ein heftiger Wind. Aber ... ein Ballon lässt sich nicht steuern. Nein, ein anderes Gefährt muss als Transportmittel her." Der Erfinder hält inne, überlegt kurz und meint dann:

„Kommen Sie mit, ich werde Ihnen etwas zeigen."

Neugierig folgen wir ihm.

Nach kurzem Gang durch einige Gassen betreten wir einen hohen Raum, die Werkstatt. Viele vertraute, aber auch unbekannte Gerätschaften stehen herum, die Wände sind bespickt mit Werkzeugen, Materialien und vielerlei Dingen. Auffallend ist die schon fast pedantisch zu nennende Ordnung, die in der Werkstatt herrscht. In der Mitte des Raumes steht, richtiger gesagt, hängt ein großes, mit Stoffbahnen versehenes Rad.

„Das ist das Fahrzeug!"

Stolz weist der Erfinder auf das fast vier Meter hohe Rad.

„Es ist ein Windrad, im Prinzip einem Windmühlenflügel nicht unähnlich. In seiner Mitte ist die Achse zum Lenken und als Knotenpunkt für die Halterungen der Trittbretter."

Staunend begutachten wir das Windrad mit seinen vielen, bunten Segeln.

„Wenn Sie Interesse daran haben, kann Ihnen mein Adlatus das Rad vorführen", schlägt der Erfinder vor, „Sie können dann sehen, wie es funktioniert und wie schnell und wendig es ist."

Erfreut stimmen wir zu und befinden uns bald auf einer ebenen, wenig be-wachsenen Fläche vor der Stadt.

„Der Wind weht nicht allzu heftig, aber er ist ausreichend. Wie gesagt, im Tal der Zeit weht ständig ein heftiger Wind."

Der Gehilfe des Erfinders, ein junger, aufgeweckter Bursche, hakt die bunten Segel ein, erfasst die Lenkachse und dreht das Rad so, dass der Wind in die Segel greift.

Jetzt macht er drei behende Schritte in Fahrtrichtung und steigt auf das schmale Trittbrett, wobei er in seiner Hüfte ein wenig einknickt und sein Körpergewicht nach aussen verschiebt, um so das vom Wind leicht geneigte Rad im Gleichgewicht zu halten. Schnell hat das Rad Geschwindigkeit aufgenommen und rollt mit gewölbten Segeln auf der weiten Wiese geschwind dahin. Jetzt schießt der Fahrer in den Wind, springt vom Trittbrett ab, springt auf das Trittbrett der anderen Seite und lenkt das Rad wieder in den Wind, nur in die andere Richtung. „Schauen Sie", ruft der Erfinder, „er hat eine Wende gemacht, er kreuzt gegen den Wind, wie ein Segelschiff."

August und ich sind begeistert.

„Das ist eine tolle Erfindung, großartig wie es sich lenken lässt. Das Rad ist schnell und wendig", sagt August anerkennend.

Der Erfinder lächelt stolz.

Die folgenden Tage bringen wir damit zu, das Windradfahren zu erlernen.

August H, 17. Dezember

Es macht richtig Spaß, mit dem Rad zu fahren, auch wenn es nicht ganz einfach ist. Anfangs gab es so manchen Sturz. Aber allmählich läuft es immer besser. Natürlich müssen wir noch viel üben, bis wir das Rad beherrschen, besonders das Umspringen auf die andere Seite beim Wenden will gelernt sein.

Wo-Tan, 18. Dezember

Also ich weiß ja nicht, was das soll. Die beiden fahren ständig mit einem Rad in der Gegend herum, hin und her und es scheint ihnen große Freude zu bereiten. Schön sieht es allerdings aus, wenn sich das bunte Rad schneller oder langsamer dreht und die Farben sich verändern. Aber auf die Dauer ist es doch für mich eintönig und langweilig. Zum Glück gibt es hier einiges zu schnuppern und ab und zu kommen Artgenossen vorbei, mit denen ich dann spiele und mich mit ihnen unterhalte.

Von den Abenteuern unserer ewigen Suche nach Y erzähle ich allerdings schon lange nicht mehr, denn die anderen Hunde glauben nicht, was ich mit August und PVC erlebt habe. Die sagen immer, dass das schöne und spannende Geschichten seien, die ich mir da ausgedacht habe. Aber In der Wirklichkeit gebe es so etwas gar nicht.

Wenn die wüssten …

PVC, 20. Dezember

Mit fortschreitender Beherrschung der Windräder, August und ich üben nun gleichzeitig mit je einem Rad, keimt in uns der Gedanke, das Tal der Zeit mit ihrer Hilfe zu durchqueren. Anfangs war es mehr Freude am Fahren, Freude an der Geschwindigkeit, Freude an dem Probieren von etwas Neuem, etwas, was es in dieser Form noch nicht gegeben hat. Man braucht keine grosse Vorstellungskraft, dass es jedem, der nur ein wenig Begeisterung für Geschwindigkeit und sportliche Betätigung empfindet, enormes Vergnügen bereitet, dicht über dem Erdboden, auf dem Trittbrett gebeugt, den Wind im Gesicht, dahinzugleiten.

Bestärkt in unserer Absicht, das Tal zu durchqueren, hat uns natürlich der Erfinder: Er würde uns zwei seiner Windräder zur Verfügung stellen, denn einen größeren Erfolg seiner Erfindung könne er sich nicht vorstellen.

Bestärkt hat uns auch die Begegnung mit einer freundlichen Person, die uns ab und zu beim Windradfahren gesehen und anerkennend angesprochen hatte. Als wir im Verlaufe eines Gesprächs auf das Tal der Zeit und die Meinung des Erfinders, man könne es mit seinem Windrad durchqueren, zu sprechen kamen, zeigte er sich an der Thematik sehr interessiert und über die Verhältnisse des Tals der Zeit informiert. Aus alten Quellen und Berichten, wie er sagte, er sei Geograph.

Wo-tan, 28. Dezember

Ruhige und angenehme Weihnachtstage haben wir verlebt. August hat einen Tannenbaum besorgt und ihn mit Kerzen und Schmuck versehen. Ich habe als Geschenk ein neues Halsband bekommen, das sehr hübsch aussieht. PVC und August haben sich gegenseitig mit netten Kleinigkeiten bedacht. August hat für seine Flöte aus Menschenknochen, er spielt häufig auf ihr, ein Futteral bekommen und PVC ein tolles Taschenmesser mit Kompass.

Wir haben gemütlich zusammen gegessen und die beiden haben sogar Lieder gesungen. Ja, es war ein schönes Weihnachtsfest.

PVC, 10. Januar

Vor uns liegt das Tal der Zeit. Es ist ganz früh am Morgen, die Sonne geht gerade auf. Es ist immer wieder ein phantastisches Schauspiel, welches die Natur uns bietet, wenn sich der Himmel in betörenden Farben verfärbt und die goldene Kugel am Horizont sichtbar wird und allmählich den Himmel erobert.

Der Erfinder und sein Gehilfe haben uns bis hierher begleitet. Die Windräder sind zusammengebaut und wir betrachten zum letzten Mal gemeinsam den Plan, den uns unsere freundliche Bekanntschaft, der Geograph, zur Verfügung gestellt hat. In ihm ist die geeignetste Passage des Höhenzuges eingezeichnet, welcher im letzten Drittel das Tal der Zeit teilt und eine Barriere darstellt. Wir werden das Tal in nördlicher Richtung an der Stelle seiner geringsten Ausdehnung durchqueren.

Wir verabschieden uns und starten.

Wir sind guter Dinge, weil wir uns auf das Vorhaben gewissenhaft vorbereitet haben und wir uns mit der Durchquerung des Tals der Zeit einen monatelangen Umweg ersparen.

Ich fahre voraus, August folgt mit Wo-Tan im Rucksack auf seinem Rücken. Wir dringen mit mäßiger Fahrt ins Tal der Zeit ein. Der Boden ist eben, der Wind von mittlerer Stärke. Wir haben gutes Reisewetter. Die Sonne scheint uns in den Rücken, so dass wir nicht geblendet werden und

sie uns wärmt. Der Winter ist in diesen Breiten zwar nicht kalt, aber durch den Fahrtwind und unsere Bewegungslosigkeit können wir die Wärme der Sonne gut vertragen. Der Wind nimmt zu und damit auch unsere Geschwindigkeit. Wir eilen dahin. Gleichmäßig drehen sich die Räder und tragen uns durch das Tal. Bewuchs ist kaum vorhanden, nur ab und zu stehen kleine knorrige Bäume in der Ebene, die wir leicht umsteuern. Größere Steinbrocken, die uns gefährlich werden könnten, sind nicht auszumachen. Wo-Tan schaut mit wehenden Ohren aus Augusts Rucksack in die Gegend, ins Tal der Zeit.

Trotz der Leichtigkeit mit der wir vordringen, liegt eine Spannung in mir. Nach allem, was wir über das Tal wissen, lauert ständig Gefahr und die darf nicht unterschätzt werden. Ein kleiner Fehler von uns, wie das nicht rechtzeitige Erkennen eines Hindernisses oder ein falsches Manöver, ein Schaden am Windrad, das Einschlafen des Windes oder andere, nicht vorhersehbare Ereignisse, können eine Situation ergeben, in der wir die nötige Geschwindigkeit nicht halten können.

Aufmerksam spähe ich. Vor uns baut sich eine bewachsene Erhebung auf, die wir umfahren müssen. August winkt zu mir herüber und zeigt auf das Hindernis.

Ich versuche, soweit an den Wind zu gehen wie es möglich ist, doch die Richtungsänderung reicht nicht, um die Erhebung problemlos zu passieren. Wir müssen eine Wende machen. Ich bedeute es August und er leitet seine Wende ein. Gekonnt springt er auf das Trittbrett der anderen Seite und nimmt den neuen Kurs am Hindernis vorbei. Ich folge ihm.

Es zeigt sich, dass es klug war, dass wir uns Schutzbrillen aufgesetzt haben, denn der ständige Fahrtwind reizt die Augen. Der Wind hat sich inzwischen gedreht, so dass wir nun in großen Schlägen kreuzen müssen. Aber wir kommen dennoch gut voran und sehen nach einiger Zeit vor uns den zu durchquerenden Höhenzug. Wir können die fünf schluchtartigen Einschnitte trotz der Entfernung deutlich erkennen. Es sind die, die auf unserer Karte vermerkt und beschrieben sind. Der vierte von rechts ist der Einschnitt, den wir, wie es der Geograph uns sagte, mit unseren Windrädern am besten durchfahren könnten. Seine physischen Merkmale stimmen mit der Beschreibung auf dem Plan überein und so nehmen wir Kurs auf die Passage.

Weit öffnet sich die Schlucht. Der Boden ist plan, wie die Ebene zuvor.

„Das sieht gut aus", ruft August herüber, „wir können die Geschwindigkeit halten."
Nach einem weitläufigen Knick verengt sich die Passage, wird schroffer und
steiler. Ihre Wände ragen nun hoch auf, sind ohne Bewuchs, nur aus rauhem
Fels. Wir müssen unser Tempo verlangsamen, zumal die Schlucht vor uns wieder
ihre Richtung ändert. Problemlos nehmen wir die Kurve. Jetzt weitet sich die
Passage wieder, ihre Wände werden flacher und es scheint, dass das Ende des
Höhenzuges sich abzeichnet. Der Wind bläst heftig, beschleunigt noch durch die
Düsenwirkung der Passage.

Gleich haben wir es geschafft!! Wir erhöhen unsere Geschwindigkeit. Vor uns
schimmert ausschnitthaft, von den flachen Hängen begrenzt, die Ebene des Tals
der Zeit im Sonnenlicht. Plötzlich, ohne Anzeichen, erscheint vor uns, durch eine
geringfügige Bodenwelle unseren Blicken entzogen, eine Abbruchkante quer
von Hang zu Hang. Entsetzt versuchen wir, die Windräder herumzureissen, aber
die Distanz zur Abbruchkante ist zu gering und die Geschwindigkeit unserer
Windräder zu hoch.

Wir werden in die Luft geschleudert - unter uns öffnet sich ein bodenloser Abgrund!

Es scheint, als ob die Erde an dieser Stelle aufgerissen wäre, um ihr Inneres preiszugeben. Wie in einem Albtraum fliegen wir in die Tiefe. Dämpfe umfangen uns in wirbelnden Schwaden, Schreie dringen in unsere Ohren. Scheinbar endlos torkeln wir in den finsteren Rachen der Erde hinab.

Jenseits des Tales der Zeit am 10. Januar

Der Mann erklimmt den kleinen Hügel und schaut in südliche Richtung zum entfernt liegenden Höhenzug. Zufrieden nickt er. Sein Blick gleitet über das vor ihm liegende Tal der Zeit. Jetzt sucht er mit dem Fernrohr den Höhenzug ab, um die richtige Passage, die vierte von links, ausfindig zu machen.

„Da müssen sie durchkommen", sagt er zu sich, als er den Einschnitt entdeckt hat. Er erkennt die canyonartige Erdspalte, die sich quer in der Passage, von Hang zu Hang reichend, auftut.

„Das ist der Abgrund, der die beiden und den Köter verschlucken wird."

Vor Tagen hat er den Auftrag erhalten, gegen gute Bezahlung, den Absturz von zwei Personen mit einem Hund im besagten Tal der Zeit zu beobachten und anschließend zu melden. Man hat ihm einen Plan mit allen nötigen Angaben, auch mit einer Beschreibung der Personen und des Hundes, zukommen lassen und ihn heute per Telegraf von dem Start der Windräder informiert.

Der Mann, in dem Brief als Späher bezeichnet, öffnet seinen langen Mantel, schiebt seinen spitzen Hut in den Nacken und wendet sich, auf einem Klappstuhl sitzend, der wärmenden Sonne zu.

Seit ungefähr einer Stunde lässt er die Passage nicht aus den Augen, aber es rührt sich dort nichts. Nach einer weiteren knappen Stunde schiebt sich plötzlich ein rotierender, bunter Farbfleck in die Passage, dem ein zweiter folgt. Jetzt biegen die Windräder um eine Kurve und rasen auf den Abgrund zu. Er sieht die bunten Räder noch einige wenige Augenblicke, dann sind sie vom Erboden verschwunden, abgestürzt in den Höllenschlund, verschluckt auf Nimmerwiedersehen!

Stumm, mit einem zufriedenen Grinsen, packt der Späher seine Sachen zusammen und verlässt ungerührt den Ort.

PVC, 10. Januar

Eine regelmäßige, rhythmische Bewegung weckt meine Lebensgeister. In gleich-förmigen Abständen wird mein Körper, der in einem Tuch oder einem Sack zu liegen scheint, auf- und abgewiegt. Ab und zu unterbricht ein knurrendes Geräusch die Stille. Benommen öffne ich meine Augen. Dämmerlicht umgibt mich. Ich befinde mich in einer Art Beutel mit einem langen, fast umlaufenden Schlitz, durch den an einer Stelle Licht und Luft hereindringen. Langsam, nach einigen Augenblicken, hebe ich meinen Kopf zum Schlitz und spähe hindurch.

Blau sehe ich, hellstes Blau, Himmelsblau. Verwundert wende ich meinen Kopf zur anderen Seite und schaue. Neben mir, in einiger Distanz erblicke ich ausschnitthaft ein riesiges, vogelartiges Wesen vor dem Blau des Himmels. Es dauert einige Augenblicke, bis ich begreife, dass ich nicht träume, sondern wach bin. Mein Bewusstsein wehrt sich mit aller Macht gegen dieses Bild, das sich meinen Augen bietet und gegen die Erkenntnis, die daraus spricht:

Ich befinde mich offenbar in dem Schnabelsack eines riesigen, durch die Luft fliegenden Wesens!

August H, 13. Januar

Erschöpft und atemlos liege ich im hohen, weichen Gras am Ufer des weiten Sees. Neben mir hechelt sich Wo-Tan ihre Angst und Aufregung von der Seele. Ihr Körper bebt leise. Mich durchströmt ein überwältigendes, warmes Glücksgefühl. Es umfängt meinen Körper und mein Gemüt, so dass sich eine tiefe Zufriedenheit und Dankbarkeit über mich legt. Ich liege und schaue in den abendlichen Himmel. Die Sonne neigt sich dem Horizont zu. Das Glück, überlebt zu haben, überdeckt die durchlittenen Ereignisse und entlässt sie für kurze Zeit aus meiner Erinnerung. Nach einer Weile setzt sich Wo-Tan auf und schaut mich durchdringend an. War das alles wirklich wahr, scheint sie zu fragen. Auch ich stelle mir die Frage und so unwahrscheinlich, phantastisch und schrecklich zugleich das Erlebte erscheint, es hat sich, so ist mir klar, im Hier und Jetzt zugetragen. Der jähe Sturz in den Abgrund, der Fall auf den Rücken des fliegenden Wesens und dann der Flug aus dem Tal der Zeit.

Unfassbar, aber so ist es geschehen!

Wir flogen nicht allein. Drei weitere Unwesen habe ich sehen können, aber es mögen auch noch mehr gewesen sein, denn ich hatte andere Sorgen, als zu zählen. Festkrallen, mich dicht an das Flugtier pressen, um nicht hinunterzurutschen in die Tiefe und meine Angst besiegen, damit war ich ganz und gar beschäftigt. Der Flug dauerte nicht lange und die Tiere landeten in einem See. Kurz bevor sie im Wasser aufsetzten, ließ ich mich los und tauchte ins kühle Nass.

Unbehelligt gelangte ich mit Wo-Tan, die die ganze Katastrophe auf meinem Rücken im Rucksack erleben musste, ans Ufer, wo wir uns erschöpft unter einem Busch verkrochen.

Jetzt treibt mich die Frage nach PVC an. Wo ist er? Was ist aus ihm geworden? Hat er sich retten können? Diese und andere Fragen brennen mir auf den Nägeln, wühlen mich auf und lassen mir keine Ruhe. Ich mache mich mit Wo-Tan auf, das Ufer und dessen nähere Umgebung abzusuchen, in der Hoffnung, vielleicht eine Spur von PVC zu entdecken. Ich gehe davon aus, dass auch er mit einem dieser unheimlichen Vögel dem tödlichen Absturz in die Erdspalte entgehen konnte. Dann wäre es doch wahrscheinlich, dass sein Flugtier auch hier gelandet ist.

Denn Vögel, unabhängig von ihrer Größe, fliegen oftmals gemeinsam zu einem Ziel. Wir blicken über das Wasser und über die Landschaft und sind erst einmal erleichtert. Von den riesigen, unheimlichen Vögeln ist nichts zu sehen. Nichts erinnert an die Anwesenheit dieser Flugmonster und wenn wir uns hier in der abendlichen, fast friedlich zu nennenden Stimmung umschauen, wenn man einmal von der Erinnerung an das Gewesene absieht, kommt es mir vor, als ob die Tiere einem Traum, einem Albtraum, einer krankhaften Phantasie entsprungen wären und nicht vor kurzem im Wasser des Sees schwammen. Hastig laufen wir spähend ein weites Stück am Ufer entlang, immer wieder aufs Wasser schauend und in das Hinterland. Die Dämmerung bricht herein. Vögel singen ihr Abendlied und manches Kaninchen oder andere Tier huscht vor meinen Schritten fort und vor Wo-Tan. Sie hat begriffen, dass wir nicht aus Lustbarkeit durch das Gelände streifen und hält sich diszipliniert an meiner Seite. Weiter laufen wir bis die Dunkelheit der Suche ein Ende bereitet. Wir wählen eine geschützte Stelle, um dort die Nacht zu verbringen. Morgen geht die Suche weiter.

August H, 14. Januar

Tief und traumlos habe ich geschlafen und als es hell wird, wache ich auf, springe in die Höhe und mache mich mit Wo-Tan auf den Weg. Wir laufen weiter am Ufer. Still liegt der See im Morgenlicht. Ein leichter Wind kräuselt seine Oberfläche. Flugmonster sind nicht zu sehen. Enten und Gänse ziehen dahin oder gründeln im flachen Wasser. Zwei weiße Schwäne schwimmen leuchtend im Morgendunst vorüber - welch ein sanfter, beruhigender Anblick.

Verträumt schaue ich auf die schönen Tiere mit ihren schwungvoll gebogenen Hälsen. Sie bieten ein romantisches Bild der Ruhe und lassen mich einen Wimpernschlag lang die lastende Sorge, die mich umfängt, vergessen. Dann stapfe ich, aufgewühlt von der Ungewissheit über das Schicksal von PVC, durch das hohe Gras voran. Wo-Tan pirscht entfernt von mir, hält jedoch ständigen Blickkontakt. Sie sucht keine Spuren von irgendwelchem Wild, sondern von PVC. Auf einmal bellt sie laut und eindringlich. Ich halte an und schaue zu ihr hinüber.

Wieder bellt sie kurz und jetzt sehe ich, ihrer Blickrichtung folgend, einen Reiter, der aus einer Baumgruppe hervorkommt. Auf meinen Ruf kommt Wo-Tan zu mir. Der fremde Mann, mit einem langen Mantel und einem spitzen Hut bekleidet, kommt auf uns zu und ich entbiete einen kurzen Gruß. Anstatt zu antworten wie es der Höflichkeit entspricht, zumal wenn man sich in einer Einöde begegnet, reisst er sprachlos seine Augen auf und stottert Unverständliches. Dann fasst er sich und steigt von seinem Pferd. Er erklärt, dass er Ornithologe und völlig überrascht sei, hier in diesem wilden, verlassenen Gebiet eine Menschenseele zu treffen, mit Hund. Etwas verwundert es mich schon, dass bei meinem und Wo-Tans Anblick dieser Mensch so verwirrt ist.

Ich frage ihn, ob ihm vielleicht eine Person begegnet sei, denn wir seien auf der Suche nach ihr. Er verneint und antwortet, dass er nichts Auffälliges entdeckt habe.

„Auch keine riesigen Vögel?", frage ich weiter. Der Mann schaut mich fragend an. „Ja ...", antwortet er nach einem Augenblick, „einen Adler habe ich beobachten können, der kreiste über der Ebene."

Wir verlassen den Fremden mit einem unguten Gefühl. Irgendetwas stimmt mit dem nicht.

Nach zwei Tagen vergeblichen Suchens besorge ich mir in der nächsten Ansiedlung ein Pferd, um weiter nach dem Verbleib von PVC zu forschen. Die wenigen Menschen, denen Wo-Tan und ich begegnen, befrage ich eindringlich, aber es ist umsonst. Keine Spur von PVC. Langsam schmilzt unsere Hoffnung. Ich tröste mich mit dem Gedanken, dass ein Riesenvogel ihn an einen anderen Ort, weit entfernt von hier, verschleppt hat und er dort entkommen konnte. Aber wo?

8. Kapitel

August H, 25. Januar
Niedergeschlagen verbringen Wo-Tan und ich unsere Tage in A., einem kleinen Städtchen, in dem wir nach der Aufgabe der Suche gelandet sind. Trostlos schleicht die Zeit dahin. Ich habe an den Vermittler geschrieben und darum gebeten, ob die versprochene Person, die uns im Land der M. zur Seite stehen sollte, nicht nach A. kommen könne, da sich durch das Verschwinden von PVC eine veränderte Situation ergeben habe. Ich will die Mission Y im Sinne von PVC weiterführen. Das bin ich ihm schuldig, dazu fühle ich mich verpflichtet. Und dafür bräuchte ich tatkräftige Unterstützung, denn Wo-Tan und ich schaffen es nicht allein.

Befehl an den Späher
Sobald sich dem Späher nach seiner Begegnung mit dem Totgeglaubten und dem Hund die Möglichkeit bot, hatte er seinem Auftraggeber von diesem für ihn völlig unverständlichen, unfassbaren Ereignis telegrafiert. Ferner äußerte er die Vermutung, dass wahrscheinlich auch der zweite auf absolut rätselhafte Weise, denn er habe doch den Absturz mit eigenen Augen gesehen, dem Abgrund entkommen sei.
Begleitet von unmissverständlichen Drohungen befiehlt der Auftraggeber, den Überlebenden und seinen Hund ständig zu beobachten und über alles sofort Bericht zu erstatten ... die Situation spitze sich zu!

PVC, 18. Januar
Als ich die Augen öffne, kommt es mir vor, als wäre ich neugeboren und sähe die Welt zum ersten Mal. Hinter mir liegt nur undurchdringliche Dunkelheit, ein langes, langes Nichts, ohne Erinnerung, ohne Zeit. Vor mir öffnet sich die Welt, wenn es auch nur eine räumlich begrenzte und im dämmrigen Licht liegende ist.

Es ist eine felsige Höhle in der ich mich befinde. Ich liege auf einem weichen, mit Gräsern gepolstertem Lager und ein sanftes, warmes Fell hüllt mich ein. Langsam richte ich mich auf und wende meinen Kopf. Ein heftiger Schmerz durchzuckt mich und ich lasse mich wieder zurücksacken und schließe die Augen. Der Schmerz lässt allmählich nach und ich versinke in Schlaf.

Eine Stimme weckt mich. Vor mir, an meinem Lager, kniet ein Mann und schaut mich freundlich an. Er reicht mir eine Schale und sagt:

„Trink, das wird dir guttun!"

Ich nehme die Schale und führe sie langsam an meine Lippen und trinke.

Mein Wohltäter, der sich inzwischen an der anderen Seite der Höhle zu schaffen macht, ist ein Mann mittleren Alters, von großer, schlanker Statur. Seine langen, dunkelgrauen Haare hängen glatt herunter und zusammen mit dem langen Bart umrahmen sie das Gesicht, das von einer großen Nase und leuchtenden, blauen Augen beherrscht wird. Gekleidet ist er in ein braunes Gewand, welches eine Schnur am Leib hält. Jetzt kommt er zu mir herüber und bietet mir etwas zu essen an. Ich verspüre Hunger und esse von der dargebotenen Speise. Danach fühle ich mich gestärkt und schaue mein Gegenüber fragend an. Er lächelt und nach einigen Augenblicken berichtet er, was vorgefallen ist:

„Vor fünf Tagen habe ich dich unweit von hier, im Gras liegend gefunden. Da du nicht ansprechbar warst, habe ich dich in meine Höhle getragen und auf das Lager gebettet. Dabei habe ich festgestellt, dass du zwar einige Blessuren am Körper, aber nichts gebrochen hattest. Ein Schlag auf den Schädel oder ein Sturz hat dich deiner Besinnung beraubt. Nun scheint es bergauf zu gehen."

Der Mann verstummt und schaut mich still an.

„Und wer bist du?", frage ich nach einiger Zeit leise.

„Ich wohne hier In der Einöde seit vielen Jahren. Ich werde der Einsiedler genannt."

PVC, 23. Januar

Dank der großen Fürsorge und Umsicht des Einsiedlers geht es mir von Tag zu Tag besser und ich fühle mich allmählich wieder im Vollbesitz meiner Kräfte.

Immer wieder versuche ich, mich an das Vergangene zu erinnern, aber was nach dem Absturz in den Schlund passiert ist, bleibt mir verborgen, ebenso wie das Schicksal von August und Wo-Tan.

Der Einsiedler hat keine Auffälligkeiten, die als Hinweise auf die beiden dienen könnten, in der Umgebung bemerkt. Auf meine Frage nach dem Tal der Zeit antwortet er, dass er im Grunde nichts über das Tal wisse, außer, dass es ein zu meidender, unheimlicher Ort sei.

Oft sitze ich vor der Höhle auf einer kleinen, hölzernen Plattform an der Seite des Einsiedlers und wir schauen in die Landschaft. Die Höhle ist an einem steilen Hang am Fuße einer schroffen Felswand gelegen und gewährt einen weiten Blick.

Die sich vor uns darbietende Natur besteht aus einer welligen, grün bewachsenen Ebene, an deren rechter Seite sich ein dichter Mischwald ausbreitet. Ansonsten bestimmen einzelne Baumgruppen und Buschwerk das Bild. In der Ferne glitzert ein See und dahinter begrenzen Hügel die Sicht. Die Sonne neigt sich dem Horizont zu und sendet ihre letzten warmen Strahlen zu uns herüber.

„Warum suchst du Y und was ist es?", fragt mich der Einsiedler leise und eher beiläufig. Überrascht wende ich mich ihm zu.

„Du hast, während du abwesend auf dem Lager lagst, ab und zu gesprochen, auch geschrien und Y muss für dich wichtig sein, so scheint es mir, denn du hast intensiv und häufig Y genannt."

Es dauert einige Augenblicke bis ich antworte. Ich habe keine Scheu, dem Einsiedler mein Ziel darzulegen. Anderen Leuten gegenüber bin ich, was Y anbelangt, stets äußerst zurückhaltend und spreche nicht darüber. Zum einen habe ich Bedenken, die Suche zu öffentlich zu machen, wer weiss, was für Begehrlichkeiten geweckt werden. Zum anderen habe ich eine bestimmte Scheu, einen Teil von meinem Innersten preiszugeben, denn die Erforschung und die Suche nach dieser geheimnisvollen Stätte ist zu meinem Lebensinhalt geworden, ist ein Stück von mir.

„Y ist mein großes Ziel, mit dem ich mich seit Jahren beschäftige", beginne ich, „es ist ein sagenumwobener Ort mit einer Tempelanlage aus antiken Zeiten über die es nur wenige historische Angaben und Hinweise gibt, die aber in verschiedenen Mythen und Dichtungen eine nicht unerhebliche Rolle, man kann auch sagen, eine sehr bedeutende spielt. Diese Anlage möchte ich finden und damit beweisen, dass es sie gibt. Und natürlich erhoffe ich mir wichtige Hinweise und Fakten zu entdecken, die zur Lösung der bestehenden Hypothesen und Rätsel beitragen können, die über Y in Fachkreisen im Umlauf sind, denn, das scheint sicher, diese Anlage ist mehr als nur ein Glied in der Architekturgeschichte, sie könnte sehr wohl ein Knotenpunkt der Architekturentwicklung darstellen. Sie ist ein mystischer Ort von außerordentlicher Bedeutung."

Der Einsiedler blickt mich an. Er hat meiner Ausführung aufmerksam zugehört. Nun wendet er sich ab und schaut in die Landschaft, die sich vor uns ausbreitet.

Am Horizont färben die letzten Strahlen der Sonne den Himmel rotgelb und überziehen die wenigen grauen Wolken mit einem dramatisch leuchtenden Rot. „Schau,"bemerkt der Einsiedler mit leiser Stimme, „wie ergreifend der Sonnenuntergang ist. Ist nicht jeder Tag ein Wunder? ... und wir dürfen an diesem Wunder teilhaben."

Die Zeit bei meinem Lebensretter geht ihrem Ende zu. Das ungeklärte Schicksal von August und Wo-Tan lässt mir keine Ruhe. Ich kann hier nicht länger bleiben, auch wenn ich das Zusammensein mit dem Einsiedler als sehr beruhigend und bereichernd empfinde. Seine gelassene, selbstverständliche Art, wie er sich alltäglichen Verrichtungen widmet und ihnen eine Bedeutung verleiht, ohne sie zu stilisieren. Alles ist auf das Einfachste zurückgeführt und wird dadurch wesentlich.

Die Warmherzigkeit, mit der er mir begegnet, aber auch seine Zurückhaltung haben mich tief berührt und machen mir den Abschied nicht leicht.

Wir stehen auf der hölzernen Plattform vor der Höhle. Ich bin im Begriff zu gehen, da passiert es: Ein leuchtender Punkt erscheint am Himmel und fällt langsam, in kreisenden Bewegungen in Richtung Erde. Der Punkt wird größer und zieht einen hellen Schweif hinter sich und stürzt in die Tiefe.

„Sehr eigenartig", sage ich zum Einsiedler, „ähnlich einer Sternschnuppe, aber doch anders."

Ich bedanke mich bei ihm auf das Herzlichste für meine Rettung und für seine fürsorgliche Pflege, wende mich ab und verlasse langsam mit einem Gefühl tiefer Dankbarkeit und auch Wehmut die Höhle meiner Rettung. Ich gehe, drehe mich nach einiger Zeit noch einmal um und winke dem Einsiedler, der unbeweglich wie ein Monument vor der Felswand steht, zu. Langsam hebt er seinen rechten Arm zum Abschiedsgruß und begibt sich in seine Höhle. Ich laufe in die Richtung, in der ich den Absturz gesehen habe.

Eine Ahnung steigt in mir auf: Ikarus!

Nach einem längeren Marsch nähere ich mich dem Ort, wo ich die Absturzstelle vermute und verlangsame meine Schritte. Suchend tasten meine Augen die Umgebung ab. Das Gras ist nicht allzu hoch und nur wenige Bäume versperren die Sicht. Vor mir in einiger Entfernung blinkt der See, den ich von der Höhle des Einsiedlers aus gesehen habe. Ich stehe leicht erhöht am Rande einer flachen Senke, in der eine kleine Baumgruppe ihren Platz gefunden hat. Sie besteht aus alten, knorrigen Bäumen von geringer Höhe. Ich umrunde die Baumgruppe, um die Senke zu verlassen und weiter in Richtung des Sees zu laufen. Auf einmal sehe ich im Geäst eines der Bäume einen menschlicher Körper. Halb verdeckt hängt er in den Ästen. Es ist ein männlicher, nackter Mensch von großer Statur, mit langen, gelockten, rotbraunen Haaren.

„Das muss Ikarus sein", sage ich zu mir, „man gut, dass er nicht in den See gestürzt ist - wie es ein gewisser Brueghel vorhergesagt hat."

Beim Nähertreten bemerke ich einige Federn, die in den Ästen und am Boden liegen. Ikarus hängt mit dem Kopf nach unten im Baum. An seinem rechten, kräftigen Oberschenkel ist eine auffällige Tätowierung zu sehen, die aus einem arabischen Schriftzug besteht. Seine Bedeutung entzieht sich meiner Kenntnis. An seinem Hals hängt an einem goldenen Kettchen ein Amulett.

„Der gestürzte Ikarus weist den Weg, aber ... hüte dich!" Das waren die Worte, die eine der vier Hüterinnen der Hesperiden zu August gesagt hat.

124

Jetzt hängt der gestürzte Ikarus vor mir im Baum, auf Augenhöhe, wenngleich verkehrt herum. Einem Toten in die Augen zu schauen, Ikarus´ Augen sind leicht geöffnet, ist nicht einfach, aber wenn diese auch noch verkehrt herum einen ansehen, ist es schlimm. Vielleicht bin ich zu zart besaitet, wie man so schön sagt, aber ... das Amulett! Mit einer entschlossenen Bewegung ziehe ich es vom Hals.

Wo-Tan, 1. März

Die Zeit in A. zieht sich in die Länge. Die Ungewissheit über den Verbleib von PVC drückt unsere Stimmung und so verbringen August und ich lustlos die Tage. Wir unternehmen ab und zu kleine Spaziergänge in die Umgebung, aber der Spaß, den wir früher dabei hatten, will sich nicht einstellen. Das einzige was mir Freude bereitet ist das Zusammensein mit Artgenossen. Dann vergesse ich schon mal die Sorge um PVC und kann mich ganz dem Spiel widmen. Das brauche ich auch. August liest viel. Zur Zeit ist Herman Melville dran mit Moby Dick. Während August in seinem Sessel sitzt, das Buch in der Hand und ganz konzentriert Seite um Seite verschlingt, stromere ich unkonzentriert in A. herum. Was soll ich sonst machen? August verdrängt die Sorge um PVC mit seinen Büchern, kniet sich in die Literatur, um sich abzulenken und auf andere Gedanken zu kommen. Ich laufe herum und freue mich, sobald ich Hunde treffe, die ein bisschen Zeit haben und mit mir spielen. Die meisten Artgenossen müssen immer an der Leine laufen und das nur für die kurze Zeitspanne während der sie ihr Geschäft machen, dann geht es zurück in die Wohnung.

Gerade halte ich Ausschau nach einem bestimmten Spielgefährten, den ich hier an dieser Stelle schon ab und zu getroffen habe, denn er wohnt hier, als ich in einiger Entfernung einen Menschen bemerke, der mir auf irgendeine Art und Weise bekannt vorkommt. Der Gang, die Haltung, die Kleidung, die gesamte Erscheinung erinnert mich an eine Person. Schnell springe ich hinter eine Mauer. Von hier aus beobachte ich die langsam näherkommende Gestalt. Es ist ja allgemein bekannt, dass wir Caniden nicht so flink mit dem Sehen sind, sondern mehr unsere Nase zur Identifizierung einsetzen.

Jetzt durchfährt es mich. Mir wird ziemlich heiß und kalt zugleich, mein Nacken-fell sträubt sich. Die Person ist … die Spionin!

Jetzt, da der Wind zu mir weht, meldet meine Nase: Alarm!

„Was will die hier?", fährt es mir durch den Kopf, „die darf August nicht entdecken, das muss ich verhindern, denn die ist gefährlich, wie es Spione so sind, auch wenn sie mich damals vor den Polizisten gerettet hat, aber die hatte es auf das Buch abgesehen, die wollte das Buch!"

Schnell reift in mir ein Plan: Ich muss die Spionin von A. weglocken! Ich muss sie in die Irre führen und dann August warnen.

Unsichtbar für die Spionin laufe ich schnell voraus und biege knapp vor ihr auf den Weg ein. Nach einem kurzen Augenblick höre ich, wie sie mich ruft, einmal und noch ein zweites Mal. Sie hat mich also erkannt, aber ich reagiere nicht, tue so, als ob ich nichts gehört hätte und laufe einfach in langsamem Tempo weiter. Sie bleibt hinter mir. Als ich einen Nebenweg einschlage, folgt sie mir. Ich überquere nun eine Wiese und trabe auf einem schmalen Waldweg, der einen klei-nen Bach begleitet. Vorsichtig blicke ich zurück. Die Spionin ist hinter mir, mein Plan klappt.

Der Wald ist licht, mit alten, verschiedenartigen Laubbäumen bestanden. Links und rechts säumen Winterlinge und Schneeglöckchen den Weg, der sich inzwischen vom Bach gelöst hat, langsam dünner wird und sich nach einiger Zeit gänzlich verliert. Wir laufen nun schon eine ganze Weile hintereinander her.

Ähnlich wie damals, nur, dass die Reihenfolge sich umgedreht hat und jetzt die Spionin mir folgt. Sie denkt sicherlich, dass ich unterwegs zu August und PVC bin. Aber da hat sie sich leider getäuscht, ich führe sie nämlich weg von August.

Der Wald wird dünner und vor mir schimmert durch die Baumstämme eine weitläufige Landschaft. Ich bin jetzt am Waldrand und will gerade den sanften, grasbewachsenen Hang hinablaufen, als ich halb links von mir in größerer Entfernung eine menschliche Gestalt bemerke, die sich quer zu meiner Richtung bewegt. Langsam laufe ich weiter, die Gestalt nähert sich.

Plötzlich höre ich ein gurgelndes Brüllen und aus einer Bodensenke erscheint unvermittelt ein ziemlich großes, schreckliches Tier.

Es rennt mit hoher Geschwindigkeit und peitschendem Schwanz auf die

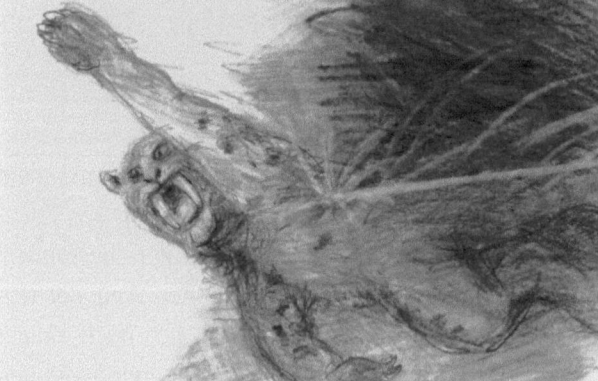

menschliche Gestalt zu, die verstört stehenbleibt. Das Tier sieht wie eine riesige, hellbraune Katze aus und nähert sich rasch der Gestalt, die sich wendet und auf einen Baum zuläuft. Nur noch wenige Meter trennen Jäger und Opfer, als hinter mir ein donnernder Knall ertönt. Das Tier zuckt und überschlägt sich, rollt über den Erdboden, richtet sich auf und läuft, wenn auch mit eigenartigen Bewegungen, weiter.

Ein zweiter Donner stoppt das Tier. Es steht still, seine Gliedmaßen zittern und dann bricht es in sich zusammen. Regungslos bleibt es im Gras liegen, das sich schnell rot färbt.

PVC, 1. März

Seit einigen Tagen bin ich unterwegs, immer mit der brüchigen Hoffnung im Kopf, dass irgendwo August und Wo-Tan auftauchen mögen und wir drei dann wieder vereint sein würden.

Natürlich bedeutet mir mein Ziel, das Finden von Y sehr, sehr viel, es ist meine Lebensaufgabe, der ich mich verschrieben habe, aber nun, da die beiden nicht mehr da sind, ist eine große Lücke entstanden und Y strahlt nicht mehr ganz so hell. Auf der anderen Seite, da meine Gefährten fort sind, was für mich einen schmerzreichen Verlust darstellt, mir viel genommen ist, bleibt mir nur noch Y, denn anderes habe ich nicht. Und so werde ich meine gesamte Kraft darauf ausrichten, das Geheimnis zu lüften und damit den Schmerz zu überwinden suchen. Eine doppelte Motivation treibt mich also jetzt, die geheimnisumwitterte Anlage aufzuspüren und in die Annalen der Geschichte der Weltarchitektur einzugehen. Dieser Gedanke hatte mich immer stark fasziniert. Nun aber, mit dem Verlust von August und Wo-Tan vor Augen, verliert auch dieser Aspekt an Glanz.

Das Amulett des Ikarus gibt mir Rätsel auf.

„Der gestürzte Ikarus weist den Weg ..."

Ich habe lange darüber gegrübelt, auf welche Art und Weise der gestürzte Ikarus auf der Suche nach Y einen Hinweis, ein Zeichen, eine Richtung oder irgendetwas, was im Zusammenhang mit Y steht, geben könnte, aber ich habe nichts dergleichen entdecken können, außer das Amulett.

Ich bin mir inzwischen sicher, dass der Weg zum Ziel im Amulett verborgen sein muss, man muss es nur lesen können.

Mit diesen Gedanken beschäftigt, laufe ich durch die Landschaft. Grob orientiere ich mich an den Gestirnen und am Verlauf der Sonne.

Jetzt stapfe ich durch das Gras eines leichten Hanges. Rechter Hand oberhalb des Hanges steht ein lichter Mischwald. Vor mir breitet sich die wellige Ebene aus und im Hintergrund machen einige kegelartige Berge auf sich aufmerksam.

Plötzlich höre ich ein eigenartiges, lautes Gebrüll. Ich bleibe stehen und schaue angespannt in die Richtung, aus der die grimmigen Töne kommen. Aus einer Bodensenke auftauchend, stürmt mit hoher Geschwindigkeit ein gefährlich aussehendes Tier auf mich zu. Überrascht und erschrocken bleibe ich wie angewurzelt stehen und schaue der Gefahr ungläubig ins Auge. Das gewaltige Tier strahlt Todesgefahr aus. Panikartig drehe ich mich und renne auf einen Baum zu. Das Tier kommt rasend näher, das Geknurre dringt mir furchtsteigernd ins Ohr, als sich plötzlich ein knallendes Geräusch ausbreitet, dem kurz danach ein zweites folgt. Ich wende meinen Kopf und sehe, wie das ungeheuerliche Tier zitternd zu Boden bricht, mit allen Gliedmaßen heftig zuckt und mit dem Schwanz den Boden peitscht. Blut spritzt. Viel Blut.

Der Todesfurcht folgt die überschwängliche Freude.

Ein Hund jagt auf mich zu ... es ist Wo-Tan! Laut bellend springt sie an mir hoch. Ich kann es gar nicht fassen, was in diesem kurzen Moment alles auf mich einstürmt. Völlig außer mir vor Freude über das Entgehen des sicheren Todes und das Erscheinen Wo-Tans wälze ich mich, Wo-Tan an mich drückend, im Gras ...

Nach dem Freudentaumel schaue ich auf das in kurzer Distanz vor mir liegende riesige Tier. Sein Maul ist weit aufgerissen und zwei gewaltige Zähne, wie große Dolche, blitzen im Sonnenlicht.

„Das ist der Säbelzahntiger", sage ich leise zu mir und löse schaudernd meinen Blick von dem gefährlichen Räuber und schaue den Hang hinauf. Dort, am Waldrand, steht eine Person mit einem rauchenden Gewehr in den Händen und blickt zu uns herunter. Jetzt löst sie sich aus dem Schatten der Bäume und kommt langsam auf uns zu.

Wo-Tan, 1. März

Noch bin ich außer Atem vor Aufregung über den Angriff und den Tod des grauenvollen Tieres und vor allem über das Auftauchen von PVC.

Er ist wieder da!

Welch ein großes Glück, welch eine große Freude! Ich kann es kaum fassen.

So stehen wir da in der weiten Landschaft, über uns der weite Himmel, neben uns das tote Ungeheuer und vor uns ... die Spionin.

Sie hat ihr Gewehr, das mir wohl bekannt ist, unter den Arm geklemmt und lächelt PVC und mich an. Meine Gefühle sind sehr zwiespältig. Sie ist die Spionin, aber eben hat sie PVC vor dem sicheren Tod bewahrt. Sie ist seine Lebensretterin und damals hat sie mich vor den Polizisten geschützt.

„Da bin ich gerade zur rechten Zeit erschienen", sagt die Spionin zu PVC gewandt, „aber ... ich bin verwirrt ... Sie anzutreffen. Ich bin die vom Vermittler angekündigte Begleitung für das Land der M. Eine zweite Nachricht beorderte mich dann hierher zu August H und Wo-Tan." Während sie das sagt, schaut sie mich freundlich an. „Denn Sie", jetzt richtet sie ihre blauen Augen auf PVC, „wären verschwunden, verschollen, vermisst, möglicherweise sogar verstorben, hieß es. Aber nun sind Sie da und ich freue mich, Ihnen auf Ihrer Mission zur Seite stehen zu können."

Einfach schön, wie sie das gesagt und mich dabei angeschaut hat. Und ihr Hut ist hübsch mit der großen Feder, die leicht im Wind hin und her spielt und überhaupt, sie gefällt mir. Ich sehe sie auf einmal mit ganz anderen Augen, schließlich hat sie PVC vor dem Untier gerettet.

PVC und die Frau tauschen eine Menge Informationen aus, während wir uns, unter meiner Führung, auf dem Weg durch den Wald nach A. zu August befinden. Auch mir geht vieles durch den Kopf. Eines steht aber fest: Die Frau ist keine Spionin, sie ist die Retterin!

August H, 1. März

Es ist faszinierend, was Melville über die Farbe oder die Nichtfarbe Weiß sagt:

„ ... trotz dieser tausend Verbindungen, durch die das Weiße sich allem zugesellt, was ruhmvoll und erhaben ist, lauert dennoch etwas schemenhaft Unfaßbares im tiefsten Sinn dieser Färbung, das die Seele mit panischen Schrecken überfällt, grausiger als die Röte des Blutes."

Gerade lese ich diesen Satz des Kapitels „Weiß" aus Moby Dick, als es heftig an meiner Tür pocht. Verärgert über die Störung lege ich mein Buch beiseite und öffne unwillig die Tür.

Mich trifft der Schlag. Es ist, als ob mir der Boden unter den Füssen weggerissen und ich in der Luft schweben würde, mich ohne irgendwelche Erdung im Nichts befände. Dieser Zustand des Entrücktseins währt nur den Bruchteil einer Sekunde. Dann überströmt mich ein unbeschreibliches Glücksgefühl. Vor mir steht PVC!

Wo-Tan bellt ziemlich aufgelöst, läuft um uns herum, springt an uns hoch, während PVC und ich uns in den Armen liegen.

Nachdem wir uns beruhigt haben, bemerke ich eine Frau mit Federhut, die still abwartend im Hintergrund steht.

PVC bittet sie, näher zu treten und stellt sie mit den Worten vor:

„Das ist meine Retterin."

Nachricht des Spähers

„Heute ist auch der zweite Totgeglaubte aufgetaucht. Er war in Begleitung einer weiteren Person. Sie befinden sich alle in A. Erwarte weitere Anweisungen."

August H, 17. März

Wir sind unterwegs zum Land der M. Natürlich hatten wir viel zu berichten, nachdem uns das gütige Schicksal in A. wieder vereint hatte: Die unglaublichen Ereignisse vom Windrad, der Sturz in den Abgrund, die Flugungeheuer, der Einsiedler, der Sturz des Ikarus und die vielen anderen Erlebnisse, die wir drei durchgemacht hatten, kamen zur Sprache. Wir weihten die Retterin in alles, in unser Ziel und unsere Erkenntnisse, wie wir Y zu finden hoffen, ein.

Das große Problem ist für uns zur Zeit das Amulett des Ikarus. Wie PVC berichtete, kann nur im Amulett die mir verhießene Botschaft verborgen sein. Immer wieder haben wir das Amulett begutachtet, gedreht und gewendet, die verschiedensten Vermutungen angestellt, doch vergeblich. Das Amulett bewahrt sein Geheimnis und damit den erhofften und für das Erreichen unseres Ziels notwendigen Verweis auf den Ort von Y.

Auch jetzt, da wir unterwegs ins Land der M. sind, vergeht kaum ein Tag, an dem wir nicht das Amulett erwähnen und es begutachten, aber es offenbart sich uns nicht. Das Material aus dem es besteht, scheint eine Art Gold zu sein, welches matt schimmert. Seine Form ist ein Kreis von drei Zentimetern Durchmesser. Klappt man den Deckel auf, wird ein Kreis sichtbar, dem ein dreispitziger Pfeil eingeschrieben ist, der ein Fünfeck beinhaltet und dessen Hauptspitze rötlich schimmert.

Über und über ist das gesamte Amulett mit geheimnisvollen Zeichen überzogen, die wir nicht zu deuten wissen und die auch einigen Leuten, Wissenschaftlern, die wir um Rat befragt haben, unverständlich sind. Was sollen wir tun, worauf warten? Wir haben uns entschlossen, ins Land der M. vorzudringen und dem Anhaltspunkt, dem Bild, das PVC infolge des Apfels gesehen hat, nachzugehen in der Hoffnung, dass wir die Situation finden werden: Den Berg mit der Kerbe umgeben von spezifischer Architektur.

Das scheint zwar aussichtslos, aber es bleibt uns nichts anderes übrig.

Wo-Tan, 22. März

Ich finde es prima, dass die Retterin bei uns ist und möchte sie nicht mehr missen. Sie ist ruhig und zurückhaltend und immer äußerst nett zu mir. Häufig spielen wir, was mir sehr gefällt. August und PVC spielen auch mit mir, aber einfach anders. Nicht, dass es andere Spiele sind, die ich mit der Retterin spiele, es sind die gleichen wie mit August und PVC, aber sie verhält sich dabei anders, spricht anders zu mir.

Auch bewegt sie sich anders, wie, das kann ich nicht so beschreiben, aber ich mag es sehr.

PVC, 25. März

Heute war ein mühsamer Tag. Fast die ganze Zeit über hat es geregnet, nicht so stark, dafür aber ständig, so dass wir ziemlich durchnässt gegen Abend an einer Herberge anlangen, in der wir Unterschlupf finden.

Viele Leute sind im Hause, aber im Gastraum ist noch ein Tisch frei an den wir uns setzen. Nach dem Essen bleiben wir noch beieinander und sprechen über dieses und jenes, vor allem natürlich über unser Vorhaben und das Amulett.

„Ich habe überhaupt keine Ahnung, wie wir das Problem angehen können. Wir haben doch alles schon mehrfach überlegt", meint August und zieht resigniert seine Schultern hoch.

„Ja, das stimmt, dennoch müssen wir es immer wieder versuchen. Die Wahrnehmung ändert sich. Man sieht eine Situation oder Sache häufig auf immer dieselbe Art und Weise und irgendwann kann es passieren, dass der Blickwinkel sich verschiebt und die Situation oder Sache bekommt einen neuen, vorher nie gesehen Aspekt und man findet einen neuen Zugang zu ihr", erwidere ich und hole das Amulett hervor.

Blinkend liegt es in meiner Hand. Die Retterin, August und ich schauen auf das goldene, geheimnisvolle Amulett.

Wo-Tan nicht. Sie liegt unter dem Tisch und blinzelt ab und zu im Raum umher und mustert die Leute, die an den Nebentischen sitzen.

Jetzt öffne ich den Deckel, dabei bedacht, dass das Amulett nicht von den Nachbartischen aus gesehen werden kann und wir beim Betrachten keine Aufmerksamkeit erregen. Gerade will ich nach einiger Zeit unseres gemeinsamen Betrachtens den Deckel wieder zuklappen, als die Retterin meint:

„Sieht die obere Spitze des dreispitzigen Pfeils nicht etwas anders aus, als zuvor?"

Wir schauen genauer. Jeder von uns nimmt das Amulett in seine Hand, um es intensiver betrachten zu können.

In der Tat, es könnte sein, dass die obere, rötlich schimmernde Spitze auf ihrer linken Seite einen leichten Schatten aufweist. Jedenfalls meinen wir, dass sie dort etwas dunkler erscheint. Sicher sind wir uns nicht. Aber wenn es so wäre, was könnte es bedeuten, was für einen Bezug ließe sich herstellen?

Wieder sitzen wir rat- und sprachlos da, nur Wo-Tan knurrt leise, denn am Nachbartisch erhebt sich eine Person und geht an uns vorüber.

„Morgen bei Tageslicht schauen wir uns die Spitze an, dann sehen wir, ob sich etwas verändert hat", sage ich und stehe auf, um noch ein bisschen frische Luft zu schnappen.

Es hat inzwischen aufgehört zu regnen. Der Himmel ist bewölkt, so dass der Mond nur ab und zu, wenn die Wolken etwas aufreissen, ein spärliches Licht verbreitet. Die Luft ist frisch und es tut mir gut, tief durchzuatmen, denn im Gastraum ist es stickig, warm und voller Rauch.

Langsam gehe ich vor dem Gebäude auf und ab. Das Amulett kommt mir wieder in den Sinn.

„Wenn die rötliche Spitze sich ein wenig zur Seite ver ...", weiter komme ich mit meinen Gedanken nicht. Ein heftiger Schlag auf meinen Hinterkopf raubt mir das Bewusstsein.

Wo-Tan, 25. März

Ein unbestimmtes Gefühl befällt mich und ich verlasse meinen Platz unter dem Tisch, an dem August und die Retterin noch sitzen und sich angeregt unterhalten. Langsam laufe ich durch das Haus, die Spur von PVC in der Nase.

Draußen ist es ziemlich dunkel und ich sehe erst einmal nichts, nur undurchdringliche Dunkelheit. Schnell jedoch stellen sich meine Augen auf die Finsternis ein und in knapper Entfernung gewahre ich schemenhaft eine Person, die gebückt vor einem dunklen Haufen kniet, sich dann aufrichtet und eilig wegläuft. Schnell renne ich vorwärts, ein ungutes Gefühl treibt mich ... vor mir im Gras liegt PVC.

Die fremde Person verschwindet eiligst im Dunkel der Nacht. Ich überlege, ob ich dem Verbrecher folgen soll, aber die Sorge um PVC ist größer. So bleibe ich und kümmere mich um den Chef, aber den Geruch des Verbrechers habe ich fest gespeichert.

PVC atmet und ich lecke ihm das Gesicht. Das hilft und nach einigen Augenblicken kommt er wieder zu sich. Er stöhnt und hält sich den Schädel. Geschwind hole ich die Retterin und August und beide bringen PVC ins Haus.

Schnell wird uns klar, dass der Überfall dem Amulett galt ... es ist verschwunden!

August H, 28. März

Noch zwei weitere Tage haben wir in der Herberge verbracht, damit sich PVC vom nächtlichen Überfall erholen konnte. Jetzt sind wir wieder unterwegs zum Land der M., auf der Suche nach Y.

Der Verlust des Amuletts wiegt schwer. Wir sind nun ausschließlich auf das Bild, welches PVC geschaut hat, angewiesen und hoffen natürlich, dass es Hinweis genug ist, um Y zu finden. Aber wo im Land der M. liegt der Felsen mit der Kerbe und ... liegt er überhaupt im Land der M., denn das ist nur die Vermutung von PVC. Also viel ist es nicht, worauf wir bauen können. Aber eines macht mich zuversichtlich und das ist das visuelle Gedächtnis von PVC. Was er einmal mit Interesse gesehen hat, das hat er ziemlich präzise gespeichert. Das liegt natürlich auch daran, dass er zeichnet.

Zeichnen schult das Sehen, wie PVC nicht müde wird zu betonen. Zeichnen schult das Gefühl für Formen und Proportionen, aber vor allem versetzt es den Zeichner in die Lage, das Wesentliche des Gegenübers zu erfassen und wiederzugeben, denn Zeichnen ist Abstraktion und das bedeutet, das Gegenüber auf seine Essenz hin zu verdichten und Nebensächliches zu Gunsten des Ganzen zu vernachlässigen. Was der Zeichner einmal mit Mühen zu Papier gebracht hat, vergisst er nicht. Zeichnen ist Schöpfung und Schöpfung ist mühsam. Zeichnen nach einem Gegenstand oder einer Person ist mehr als reproduktive Wiedergabe, ist eine Art von Neuschöpfung, auch wenn es sich um die Abbildung von Existierendem handelt.

Ja, das sind in etwa die Ausführungen, die PVC gemacht hätte, wenn das Thema Zeichnen im Raum stände. Also, ich bin, was das von PVC Gesehene anbetrifft, sehr zuversichtlich und glaube fest, dass der Berg mit der Kerbe im Lande der M. gelegen ist.

PVC, 10. April

Vor uns in der Ferne schimmert das Meer. Von dem Berg aus, auf dem wir uns befinden, ist der Blick phantastisch. Hinter dem Grün des Berghanges, der vielfältig mit Gräsern, Buschwerk und Baumgruppen malerisch bewachsen ist, glitzert das Wasser des Binnenmeeres, das von einer Vielzahl von Inseln bevölkert ist. Große und kleine Inseln schwimmen wie grüne Farbtupfer im Blau des Wassers. Beruhigend ist der Blick in diese harmonisch wirkende Landschaft und ich finde es immer wieder faszinierend, wie verschieden Landschaften aussehen, obwohl sie sich alle aus ähnlichen Bestandteilen zusammensetzen.

Jede Wiese ist anders und hat ihr eigenes Gepräge, besteht aus Gräsern und Blumen und vielleicht noch ein paar Bäumen und Büschen und ist ein unverkennbares Individuum. Natürlich hängt ihre Anmutung auch von ihrer jeweiligen Umgebung ab, aber dennoch ist sie im Kern einmalig. Die Natur ist sparsam und überaus effektiv. Sie kommt mit wenigen Grundprinzipien aus und setzt daraus die mannigfaltigsten Erscheinungen zusammen in nie enden wollenden Variationen und Spielarten.

Am Ufer des Meeres suchen wir nach einer Möglichkeit der Überfahrt zum anderen Ufer. Wir erhalten die Auskunft, dass im nächsten Dorf, welches direkt am Wasser gelegen ist, eine Passage von einem Fischer angeboten werde. Schnell entdecken wir bei der Annäherung an das Dorf, welches aus wenigen Häusern besteht, den Fischer, dessen Boot an einem hölzernen Steg festgemacht ist. Es sieht so aus, als ob weitere Passagiere auf eine Überfahrt warten würden, denn eine Gruppe von Menschen befindet sich am Steg. Als wir uns nähern, wird Wo-Tan unruhig. Sie fängt an verhalten zu knurren und wird immer unruhiger, je dichter wir ans Ufer und der Menschengruppe gelangen.

„Was ist denn, Wo-Tan?", sagt August, „was hast du?"

Kaum hat August die Worte ausgesprochen, rennt Wo-Tan los, auf die Gruppe der Wartenden zu. Laut bellend stürzt sie vorwärts. Bewegung entsteht innerhalb der Leute und auf einmal löst sich eine Person und rennt in größter Eile davon. Wo-Tan hinterher. Die Person, in langem Mantel und spitzem Hut, läuft, sich nach Wo-Tan ständig umdrehend, am Ufer entlang. Als sie bemerkt, dass Wo-Tan näher kommt und wir uns ebenfalls an der Verfolgung beteiligen, wirft sie demonstrativ in hohem Bogen einen Gegenstand beiseite. Wo-Tan läuft auf den Gegenstand zu und wartet dort, aufgeregt mit dem Schwanz wedelnd, auf uns. Nach einigen Augenblicken erreichen wir sie. Der weggeworfene Gegenstand ist ein kleines, schlichtes Schächtelchen. Vorsichtig öffnen wir es:

Das Amulett des Ikarus glänzt uns entgegen.

„Das war der Dieb, der dich niedergeschlagen hat. Das hast du wunderbar gemacht, Wo-Tan!", sagt August anerkennend und klopft ihr sanft auf den Rücken. „Der Dieb hat das Amulett geopfert, um zu entfliehen. Er ist uns entwischt, aber dafür haben wir das Amulett wieder."

Geheimnisvoll liegt es in meiner Hand mit seinen uns unverständlichen, eingravierten Zeichen. Ich öffne den Deckel. Der in einem Kreis liegende dreispitzige Pfeil mit dem eingeschriebenen Fünfeck schaut uns an. Wir blicken auf seine rötliche Spitze … sie hat sich verschoben! Ein wenig zur Seite. Die beiden anderen Spitzen ebenfalls. Darunter zeigt sich jeweils der Ansatz einer weiterer Spitze. Wir schauen uns überrascht gegenseitig an. Unter dem dreispitzigen Pfeil scheint ein zweiter zu liegen und der oben liegende verschiebt sich offenbar gegen den unteren.

Sollte der sich weiter verschieben, das heisst um den gemeinsamen Mittelpunkt drehen, entstünde ein Pentagramm.

Und das hat Bedeutung. Ja, nun kommt Bewegung in das Rätsel.

„Das Pentagramm ist über die Jahrhunderte und Jahrtausende ein Zeichen, aber überwiegend ein Symbol, das mit verschiedensten Inhalten und Bedeutungen belegt war und auch heute noch belegt ist, während der dreispitzige Pfeil ausschließlich Zeichen ist." Ich unterbreche meine Überlegung, da am Steg Bewegung entsteht.

„Ich glaube, dass die Überfahrt gleich startet", meint August und wir begeben uns zum Boot.

August H, 10. April

Es ist doch ganz erstaunlich, wie intensiv der Geruchssinn bei den Hunden ausgeprägt ist. Ihre Weltwahrnehmung muss stark von der der Menschen abweichen. Alles dünstet, alles riecht, die Nase ist es, die hauptsächlich Orientierung gibt und das eben nicht nur beim Essen, wie bei mir. Dank Wo-Tans Nase haben wir das Amulett wieder und das wiegt viel.

Wir eilen zum Boot am Steg. Der Fischer und sein Gehilfe treffen die letzten Vorkehrungen und dann legen wir ab. Außer uns sind noch einige weitere Fahrgäste an Bord des kleinen Segelbootes. Der Wind weht günstig aus richtiger Richtung, die See ist relativ glatt, so dass sich das Ufer schnell verkleinert und schon bald nicht mehr zu erkennen ist, zumal sich immer wieder Inseln vor unseren Blick schieben. Die Fahrt ist angenehm, auch wenn es an Bord etwas eng ist. Prall sind die braunen Segel gefüllt, rhythmisch klatschen die Leinen am Mast und die Flagge am Heck knattert fröhlich im Wind. Zielstrebig pflügt das Boot durch das Wasser. Die Wellen mit ihren kleinen, weissen Schaumkronen klopfen geräuschvoll ans Holz des Schiffsrumpfes.

Kurz nach Sonnenuntergang legen wir an einer größeren Insel an, um dort in der Scheune eines großen Bauernhofes zu übernachten.

Die anbrechende Nacht zeigt einen sternenklaren Himmel. Hell leuchten der Mond und die vielen Sterne. Als ich die Milchstraße am Firmament gewahre und mich verträumt in ihr aufhalte, kommt mir das Kapitel „Weiß" aus „Moby Dick" in den Sinn, das ich während der schrecklichen Zeit der Ungewissheit in A. gelesen habe. Dort ist die Rede von „den weißen Abgründen der Milchstraße".

Am Morgen weht ein kräftiger Wind. Der Himmel ist grau verhangen und Wolken jagen einander in wildem Spiel. Starke Schaumkronen tragen die Wellen, die heftig am Boot rütteln und es stampfend vorwärts treiben. Gischt spritzt. Als wir am Nachmittag an unserem Ziel anlanden, sind alle Passagiere froh, wieder feste Erde unter den Füßen zu spüren.

9. Kapitel

Im Kloster am Hang

„Der Vermittler hat nach Rücksprache mit uns die Begleitung geschickt. Sie hat den Auftrag, mit allen Mitteln dafür zu sorgen, dass die drei ihr Ziel erreichen. Wir müssen äußerst wachsam sein!" Die Worte hallen bedeutsam im Raum des einsamen Klosters am Hang.

PVC, 18. April

Der dreispitzige Pfeil des Amuletts hat sich weiter verschoben, wenn auch nur minimal, aber er hat sich bewegt. Es scheint so zu sein, dass zwei dieser dreispitzigen Pfeile übereinander liegen und gegeneinander verschieblich sind. Das Endergebnis dieser Veränderungen wäre ein Pentagramm. Alle Stufen vorher ergeben kein bedeutsames Zeichen, sondern sind ausschließlich Fragmente, Schritte, die zum Pentagramm führen. Das Pentagramm ist also das Ziel.

„Wir bewegen uns auf das Land der M. zu, weil du vermutest, dass das von dir geschaute Bild irgendwo in M. liegt und damit Y... Der Pfeil verschiebt sich parallel dazu ebenfalls zu seinem Ziel", stellt August fest, „daraus können wir nun folgern, je weiter sich das Amulett zum Pentagramm vervollständigt, desto näher befinden wir uns am Ziel und sind unmittelbar dort, wenn das Pentagramm vollständig ist. Das Amulett ist unser Kompass, es zeigt uns den Weg zum Ziel!"

„Das hört sich logisch an", sage ich und auch die Retterin nickt zustimmend, Wo-Tan guckt unschlüssig.

PVC, 28. April

Die Gegend wird immer unwirtlicher oder besser gesagt feindlicher. Lange haben wir uns auf einer kahlen, felsigen Hochebene bewegt, auf der wir gut vorangekommen sind, auch wenn der heftige Wind, der ungehindert von Bewuchs und Erhebungen über die trostlose Ebene fegte, uns zu schaffen gemacht hat. Nach einem mühevollen Abstieg befinden wir uns jetzt in einer Landschaft, die ich mit dem Adjektiv bizarr bezeichnen möchte. Steinbrocken liegen überall verstreut herum, mannshohe und kleinere scheinen hingewürfelt, so, als ob eine riesige Faust sie in Wut durch die Luft geschleudert hätte.

Der felsige Boden ist von Rissen durchzogen und mit Löchern und kleinen Kratern besetzt, in denen sich teilweise Wasser gesammelt hat und flechtenähnlicher Bewuchs. Einige Felsformationen, deren obere Abschlüsse plateauartige Flächen bilden, erheben sich vereinzelt in der ansonsten relativ ebenen Landschaft. Zerfressen und zernagt ist das Gestein, nur wenige vegetative Spuren sind sichtbar. Moose, Gräser und Flechten, sonst nichts, soweit ich das sehen kann. Die Luft wird unangenehm. Sie bekommt einen befremdlichen Geruch. Dunst steigt auf, wie Nebelschwaden wabern Dämpfe über dem Boden, die aus einigen Erdspalten und Löchern entweichen. Es brodelt und zischt, spritzt und regnet. Heißes Wasser dampft in Kratern und Fontänen schiessen in die Höhe. Zögerlich arbeiten wir uns in dieser Urlandschaft voran. Die Luft macht uns zu schaffen. Die Dämpfe, die wir einatmen, besetzen unsere Köpfe, machen müde und benommen. Ich drehe mich zu August und der Retterin um. Ihnen, so sehe ich, geht es ebenso. Still, mit steinernem Gesicht erkämpfen sie sich den Weg. Wo-Tan hält sich dicht bei August. Mühsam schleppen wir uns voran, Schritt für Schritt. Mein Kopf fühlt sich dumpf an, ich habe Probleme, mich aufrecht zu halten, ich schwanke. Meine Augen flimmern, das Sehen fällt mir schwer. Undeutlich erkenne ich vor mir einen großen, flach gerundeten Felsstein. Ich halte an und lasse mich müde auf dem Stein nieder. Die Retterin und August mit Wo-Tan folgen mir. Wir sind erschöpft und benommen.

„Lasst uns ausruhen", murmele ich. Stumpf stiere ich in die Gegend, aber ich weiss nicht, was ich sehe. Die Augen fallen mir zu und ich sinke nieder.

August H, 29. April

Gemächlich wandert ein verkümmerter Strauch an mir vorbei, der in einer kargen Graslandschaft steht. Ein frischer Wind weht mir ins Gesicht und langsam gewahre ich, dass ich nicht träume, sondern mit blinzelnden Augen schaue. Jetzt fällt mir ein, dass wir uns in der feindlichen Urlandschaft auf einen großen, flachen Stein gesetzt hatten, weil wir gänzlich geschwächt und nicht mehr bei Sinnen waren. Ich bin dann wohl weggedämmert in benebelten Schlaf.

Aber wo bin ich jetzt? Neben mir sehe ich PVC liegen, die Retterin auf meiner anderen Seite und Wo-Tan steht mir gegenüber und schaut mich freudig, mit ihrem Schwanz wedelnd, an. Immer noch wandert die Landschaft langsam an mir vorüber, bis mir auf einmal klar wird, dass nicht die Umgebung an uns vorüberzieht, sondern wir uns durch sie bewegen. Verdutzt schaue ich auf den runden Stein, auf dem wir uns befinden. Er wandert. Langsam und unaufhörlich schiebt er sich voran, wie ein Uhrwerk.

Es ist kein Stein auf dem wir uns, von den Dämpfen benebelt, niedergelassen haben. Es ist der Panzer einer riesigen Schildkröte!

Ich versuche die Retterin und PVC zu wecken, was aber nicht ganz einfach ist. Es dauert, bis sie ihre Sinne beisammen haben.

Die Verwunderung der beiden ist groß, als sie begreifen, wer uns aus der tödlichen Gefahr getragen hat, aus dem giftigen Dampf in die frische, belebende Luft.

Wir umringen die Riesenschildkröte, um sie zu begutachten und uns bei ihr zu bedanken. Sie schaut nicht auf, zieht unbeirrt weiter, einem uns unbekannten Ziel entgegen. Sie tut, was sie muss.

Wo-Tan umkreist sie mehrmals schwanzwedelnd und bellt ihr freudig hinterher als Gruß von Tier zu Tier.

PVC, 1. Mai

Ein Blick auf das Amulett des Ikarus zeigt, dass wir unserem Ziel etwas näher gekommen sind. Der obere Pfeil hat sich weiter verschoben, wenn auch nur ein klein wenig.

„Die grobe Richtung muss stimmen und ich denke, dass wir bald im Lande der M. sein werden", sage ich zu August und der Retterin, die zustimmend nicken.

Die Retterin stellt eine wirkliche Verstärkung für uns dar. Sie ist körperlich belastbar und mental ebenso, dabei stets freundlich und zurückhaltend. Sie ist eine starke Frau, eine Führerin, auf die man sich verlassen kann und von der ich glaube, dass sie uns gegenüber absolut loyal ist.

Sicherlich hat sie vom Vermittler eine Bezahlung oder eine andere Vergütung für ihre Dienste erhalten oder ist ihm auf irgendeine Art und Weise verpflichtet. Aber darüber hinaus, so meine ich, muss es noch andere Beweggründe geben, die sie veranlasst, an unserer Suche teilzunehmen.

Ich habe das Gefühl, dass das Finden von Y im gewissen Sinne für sie eine Herzensangelegenheit ist, dass ein „höherer Zweck" sie zusätzlich motiviert. Ich mag mich täuschen, aber so empfinde ich es.

Worin ich mich nicht täusche, ist ihre Schönheit.

Gegen Abend nähern wir uns einem größeren Dorf, in dem wir übernachten wollen. Wir fragen, wie weit es noch zum Land der M. ist und bekommen zur Antwort, dass hinter dem Dorf sich ein wilder Wald befinde, der sehr ausgedehnt und schwer passierbar sei, wenn man den gegebenen Weg verließe. Der Wald ende an einem breiten, flachen Fluß und an seinem jenseitigen Ufer beginne das weite Land der M.

„Sie brauchen etwa vier Tage", sagt der Mann, den wir befragen, mit einem ab-
schätzenden Blick auf uns, „dann sind Sie am Fluss, über den ein schmaler, langer
Holzsteg führt."

PVC, 2. Mai

Vom Dorf geht es in Richtung
Norden. Schon bald erkennen
wir am Horizont den Wald, auf
den wir uns zubewegen. Links
und rechts vom gut passierbaren
Weg bestimmen Felder und
Wiesen, auf denen Vieh steht, die
Landschaft, die einen friedlichen,
und abwechslungsreichen Anblick dem Auge bietet. Einzelne
Baumgruppen und ein kleiner

Bach, der sich gemächlich in vielen Windungen durchs Land schlängelt, bereichern
den Blick. Neugierig schauen die Kühe zu uns herüber. Wo-Tan begutachtet sie
aus der Distanz, ohne sie näher in Augenschein nehmen zu wollen. Kühe haben
sie noch nie interessiert, so auch diese nicht. Auffallend viele Rabenvögel sind
unterwegs in der Luft und sitzen in den Bäumen. Ihr Gekrächze dringt laut zu uns
herüber.

Nach einiger Zeit, die Sonne steht hoch am Himmel, erreichen wir den Wald und
verlassen den Weg, der weiter durch die Wiesen und Felder verläuft. Wir biegen
ab auf denjenigen, der in den Wald hineinführt.

Wie uns gesagt wurde, gelangen wir nach vier Tagen an den Fluss, der die Grenze
zum Land der M. bildet. Ein Steg führt über das flache Wasser und auf der anderen
Seite auf ein kleines Gebäude zu, einer Grenzstation. Ein Soldat steht davor und
befragt uns. Wir erklären, dass wir uns auf einer ausgedehnten archäologischen
Reise befänden und ziehen weiter.

Wo-Tan, 5. Mai

Wir sind jetzt im Land der M., hat mir August gesagt. Mir ist es egal, denn hier sieht es nicht anders aus als vorher und besser riecht es auch nicht. Im Gegenteil. Der Kerl an der Grenzstation hat ganz schön gestunken, so dass ich froh war, dass wir schnell weitergezogen sind. Hoffentlich riechen die hier nicht alle so, denn dann wird es nur wenig Caniden geben und das heisst, wenig mögliche Spielgefährten für mich.

Wieder schauen PVC, August und die Retterin auf das Amulett und stellen fest, dass die Richtung nicht so ganz stimmen könne, denn der Pfeil habe sich nicht weiter verschoben. Das bedeutet, dass wir uns unserem Ziel in den letzten Tagen nicht genähert haben.

„Wir sollten noch weitere drei Tage diese Richtung beibehalten und wenn dann das Amulett keine Veränderung anzeigt, müssen wir eine andere Richtung einschlagen", sagt PVC.

Abends, aber auch während wir unterwegs sind, nimmt August oftmals seine Flöte zur Hand. Er hat viel Freude an dem Spiel. Sehr hübsche Melodien entlockt er seinem selbst gebastelten Knocheninstrument, die mich stark berühren und in mir eine beschwingte, heitere Stimmung erzeugen.

Wenn ich daran denke, welch entsetzliche Töne August auf der Gefangeneninsel aus der Flöte quetschte, sträuben sich mir heute noch die Haare. Diese sanften Töne aber, die mir nun ins Ohr dringen und mich umschmeicheln, sind einfach wundervoll. Ich liebe sie.

August H, 13. Mai

Vier Tage sind vergangen, seit wir unseren Kurs verändert haben. Er lautet nun Nordost und tatsächlich hat sich der Pfeil ein Stückchen zum ersehnten Pentagramm hin verschoben. Daher gehen wir davon aus, dass wir uns unserem Ziel nähern, die Richtung stimmt.

Die Gegend, durch die wir uns zur Zeit bewegen, wird von bewachsenen Bergen mittlerer Höhe geprägt und weist keinerlei Ähnlichkeit mit der von PVC geschauten. Die Dörfer und Städte, die wir passieren, sind in ihrer Erscheinung weit entfernt vom Bild, welches PVC uns beschrieben und durch Skizzen ergänzt hat, so weit es denn möglich ist, innere Bilder mit Worten und Zeichnungen nach außen zu vermitteln.

Wir müssen ja auch von unserem Ziel noch ein ganzes Stück entfernt sein, denn das Amulett zeigt längst kein Pentagramm, aber die Richtung stimmt und das ist die Hauptsache.

Eines ist mir in den letzten Tagen aufgefallen. Ich meine, dass die Retterin angespannter ist als zuvor. Ihr Blick ist aufmerksamer und sie mustert die Umgebung und vor allem auch die wenigen Leute, denen wir begegnen, intensiver, so jedenfalls scheint es mir. Warum das so ist, wenn es so ist, kann ich mir nicht erklären, außer mit der Tatsache, dass wir uns unserem Ziel nähern. Vielleicht ist sie gespannt auf unser Ziel, macht sie die Neugier nervös, fiebert sie Y entgegen, so wie es mir ergeht. Ich bin angespannt, fühle eine innere Unruhe, weil wir uns dem heiss ersehnten Ziel, welches seit langer Zeit unser Leben bestimmt, nähern. Das Finale ist sozusagen eingeläutet.

PVC und Wo-Tan zeigen auf den ersten Blick keine Veränderung. Sie verhalten sich, zumindest nach aussen hin, wie immer.

August H, 27. Mai

Wir sind auf der richtigen Spur. Der Pfeil hat weiter an dem Pentagramm gearbeitet. Vor uns liegt ein schluchtartiger Einschnitt in einem schroffen Höhenzug, dessen Durchquerung die Mühe der Übersteigung erspart.

„Da wollen wir durch", sagt PVC mit einem Blick auf Karte und Kompass.

Der in einiger Entfernung vor uns liegende Höhenzug mit seinem Einschnitt erinnert mich auf irgendeine Art und Weise an den im Tal der Zeit, obwohl dieser nicht so wild und feindlich und niedriger erscheint und die Gegend davor bewachsen und grün ist. Die menschenverachtende Atmosphäre, die das Tal der Zeit ausstrahlte, empfinde ich hier überhaupt nicht, aber dennoch muss ich an das Tal denken, an den schrecklichen Abgrund und unseren Sturz und an die Rettung durch die Flugmonster. Ungewollt drängen sich mir diese Bilder auf.

Als wir nach einer Weile am Beginn des Einschnittes angelangt sind, bedeutet uns die Retterin, dass wir hier einen Augenblick lagern sollten, denn sie wolle ein Stück vorauseilen, um den Weg in Augenschein zu nehmen. Im Schatten eines Busches lassen wir uns nieder und strecken unsere Beine aus. Die Retterin entschwindet, ihr Gewehr auf der Schulter. Jetzt biegt sie um einen Felsen und ihr federbestückter Hut entzieht sich unseren Blicken.

Das Wetter ist angenehm. Die Sonne scheint am blauen Himmel, der durch bizarre Wolken belebt ist, die eilfertig dahinziehen und ihre Formen beständig verändern. Die Temperatur ist zuträglich und ein leichter Wind streicht übers Land, der die schmalen Gräser hin und her schwingen lässt. Eine kleine Unterbrechung unseres Marsches ist uns ganz angenehm, so können wir ein wenig ausruhen. Nach geraumer Zeit erscheint die Retterin und nickt uns zu. Wo-Tan wedelt freudig mit ihrem Schwanz zur Begrüßung.

„Soweit ich geschaut habe, ist der Weg gut passierbar und ich hoffe, dass sein weiterer Verlauf ähnlich sein wird", berichtet sie ruhig mit fester Stimme, „wenn wir wollen, können wir weiterziehen."

PVC nickt mit dem Kopf und langsam dringen wir in den Einschnitt ein. Sanft steigt das Gelände links und rechts von uns an. Die Hänge sind zwischen dem Gestein locker mit allerlei Gräsern und niedrigem Buschwerk bewachsen.

Je weiter wir vordringen, desto steiler und felsiger werden die Abhänge und der Bewuchs zieht sich zurück. Viele Raben kreisen am Himmel oder schauen, auf Felsen hockend, aufgeregt und neugierig zu uns herunter. Sie krächzen laut, flattern auf und lassen sich an anderer Stelle wieder nieder. Unruhe verbreiten sie. Inzwischen hat sich der Einschnitt zu einer wilden Schlucht gewandelt, deren Begrenzung zerklüftetes, schroffes Gestein bildet, in dem viele Einkerbungen und Einschnitte hangaufwärts verlaufen. Aber der Untergrung ist einigermaßen eben, so dass wir gut vorankommen.

Nach einer Biegung streckt die Retterin, die vorausgeht, ihren Arm mit geöffneter Hand uns entgegen und bedeutet uns, anzuhalten. Angespannt blickt sie nach links und rechts den Hang hinauf.

Wir folgen ihrer Blickrichtung, können aber nichts Ungewöhnliches entdecken, wohl aber, dass der Himmel sich verändert. Nach wie vor ziehen bizarre Wolken am weiten, blauen Himmel vorüber. Aber das Blau, es ändert sich. Es wird sichtbar dunkler, seine Farbigkeit schwindet. Auch die Wolken verblassen. Es ist, als ob dem Himmel seine Helligkeit genommen würde, das Licht sich langsam zurückzöge. Es ist, als ob die Sonne ihr Auge vor dem Übel würde verschließen wollen. Vor dem Übel, das in allen Ritzen und Einschnitten des Gesteins, hinter allen Felsbrocken, aus allen Löchern, von den Höhen herunter sichtbar wird und uns von überall entgegenstarrt, mit blitzenden Augen, reissenden Zähnen und vibrierenden Leibern.

Vor uns, auf einem vorspringenden Fels, schiebt sich langsam eine Gestalt in die Höhe. Nur die Konturen sind vor dem Himmel, dessen Dunkelheit sich an dieser Stelle verdichtet hat, sichtbar. Bedrohlich baut sich die Gestalt, einem Menschen ähnlich, auf dem Felsen auf wie eine Statue, ein menschliches Menetekel. Ein heller, glänzender Fleck flirrt über dem Haupt der Gestalt, umkränzt es ähnlich einem Heiligenschein, wie wir es von mittelalterlichen Gemälden kennen, aber formloser und vor allem kälter und abgründiger, denn seine Färbung ist kein warmes, ins Goldene spielende Weiss, sondern ein fahles, unheimliches Weiss, das als Bote des Todes und Unheils die entsetzliche Bedrohung durch die auf dem Fels stehende Gestalt ins Maßlose steigert.

Entsetzt verharren wir, vom Schrecken, der unsere Körper in allen Gliedern erfasst hat und starren auf die dämonische Gestalt, die regungslos vor uns in der Höhe auf dem Fels steht. Auch Wo-Tan verharrt lautlos wie versteinert im Angesicht des Entsetzlichen. Die Zeit verstreicht. Wie lange wir regungslos dem Unheil gegenüber stehen, kann ich nicht sagen, es scheint mir eine Ewigkeit, eine Ewigkeit bis die Gestalt langsam und bedeutungsschwer ihren rechten Arm in die Höhe hebt. Das Zeichen für den Untergang, für das Inferno.

Ein lauter Donner fährt dazwischen. Der dämonische Schein erlischt, der Arm stockt, die Gestalt löst sich blitzartig auf. Wie eine Fata Morgana verschwindet das böse Bild und mit ihr die Leiber des mordgierigen Heeres. Sie versinken in den Löchern und Ritzen des Felsens.

Der Himmel wird heller, das Licht kehrt zurück und wir erwachen aus unserer Erstarrung.

Der Bann ist gebrochen.

Neben uns kniet die Retterin, ihr Gewehr im Anschlag.

Vor ihr auf dem Boden liegt ihr Brustbeutel, in dem sie die geweihte Kugel verwahrt hatte, die dem höllischen Spuk das jähe Ende bereitet hat.

10. Kapitel

Wo-Tan, 10. Juni

Die Landschaft, die wir durchqueren, macht auf mich einen angenehmen Eindruck. Grün ist sie und abwechslungsreich mit Bäumen, Büschen, Gestrüpp und Gräsern bestanden. Es müssen hier viele Tiere herumlaufen, denn oftmals riecht es so anregend und verführerisch, dass es mir schwerfällt, mich für eine Fährte zu entscheiden. Auch gibt es viele kleine Seen und Teiche, da kann ich schnell mal reinspringen und eine Runde schwimmen. Wenn es warm ist, setze ich mich gerne ins Wasser und bei großer Hitze lege ich mich am liebsten ganz ins Wasser, so dass nur mein Kopf und die Schwanzspitze aus dem Nass hervorlugt.

Wir scheinen uns unserem Ziel zu nähern, denn PVC sagte vor Kurzem, dass das Amulett sich entwickelt habe.

Ich hoffe, dass die Retterin auch nach dem Erreichen unseres Ziels bei uns bleiben wird. Ich habe mich sehr an sie gewöhnt und mag sie sehr gern.

PVC, 13. Juni

Die Gegend kommt mir bekannt vor. Sie ähnelt dem von mir geschauten Bild mit der spezifischen Architektur. Das Amulett bestätigt diese Annahme und verdichtet sie zur Gewissheit, dass wir dem Standort, dem geheimnisvollen Ort unseres Zieles sehr nahe sein müssen.

Es ist eigenartig. Jahrelang habe ich mich mit Y beschäftigt, bin in der Welt herumgereist und habe meine Aufmerksamkeit ausschließlich darauf gerichtet, ich kann sagen, mein Leben darauf abgestellt und nun stehen wir kurz vor der Lösung und ich verspüre keine Euphorie, kein ekstatisches Hochgefühl, eher eine alltägliche Bestätigung, so, als ob etwas ganz Normales folgerichtig eingetreten wäre.

Wir müssen unbedingt sehen, dass wir bis zur Sommersonnenwende den Berg mit der Einkerbung und seiner am Fuße befindlichen Bebauung gefunden haben, denn nur dann offenbart das Sonnenlicht das Geheimnis, wie es das Bild nach dem Biss in den goldenen Apfel mir bedeutet hat

August H, 17. Juni
Das Pentagramm ist fast vollständig, wir müssen uns sehr nahe am Ziel befinden. Wo ist der Berg?

Wo-Tan, 18. Juni
Ich soll nach einem Berg mit Kerbe Ausschau halten, aber ich sehe keinen.

August, 19. Juni
Dem Pentagramm fehlt nur noch ein Hauch bis zu seiner Vollendung. In der Ferne entdecken wir einen Berg, an dessen Fuß sich eine kubische Architektur anlehnt.

Aber die Entfernung ist zu groß und die Lichtverhältnisse sind zu schlecht, so dass wir nichts Genaueres erkennen können.

PVC, 20. Juni

Jetzt sind wir nahe am Berg. Das Bild gleicht sehr meinem geschauten, aber die Kerbe? Gleich ist es dunkel.

PVC, 21. Juni

Wir umkreisen den Berg und auf einmal, hinter einem Felsvorsprung hervorkommend, sehen wir die Kerbe. Es ist die Kerbe, genau so, wie ich sie nach dem Biss in den Apfel gesehen habe. Ich bin überrascht, wie das innere Bild mit dem Bild der Wirklichkeit übereinstimmt - beides ist eins, so, als ob es keinen Unterschied zwischen Traum und Wirklichkeit gäbe.

Es ist Nachmittag. Wir müssen warten, um den Zeitpunkt der Sommersonnenwende abzupassen. Zum Glück ist der Himmel klar, nur wenige Wolken zeigen sich. Gespannt beobachten wir das Licht der Sonne, das sich langsam vorantastet, voran in Richtung Kerbe.

Nur noch wenige Meter fehlen. Jetzt erreicht das Licht die Kerbe, die zaghaft von innen zu leuchten beginnt, im Nu immer heller wird und auf einmal stößt ein Sonnenstrahl durch, streckt seinen Finger pfeilartig aus, durcheilt den Raum und trifft auf eine Mauer eines Architekturkomplexes innerhalb der am Fuße des Berges sich ausbreitenden Bebauung.

„Da, da ist Y ...!", entfährt es August aufgeregt und in mir steigt ein seltsames Gefühl auf.

Dass hinter dieser, in einiger Entfernung von uns durch den Lichtstrahl markierten, unscheinbaren Mauer, die sich durch nichts von der Alltäglichkeit der umgebenden Bebauung abhebt, unser langersehntes Ziel befinden soll, erscheint mir eigenartig trivial und unwirklich.

Zögerlich sage ich zu August gewendet:

„Merk dir die Stelle und bleibe hier und wenn du siehst, dass wir sie gefunden haben, spiele als Zeichen auf deiner Flöte und komm dann zu uns. Wo-Tan bleibt bei dir, sie zeigt dir den Weg."

August nickt mit dem Kopf. Wir haben die vom Licht gezeichnete Stelle gut erkennen und fixieren können und so begeben wir uns, die Retterin und ich, auf die Suche nach der unscheinbaren Mauer.

Es ist nicht einfach die Richtung zu bewahren, denn immer wieder ist uns der Blick versperrt und die Gassen der dichten Bebauung führen uns kreuz und quer. Aber ich habe ja meinen Kompass. Nach einiger Zeit erreichen wir eine hohe geschlossene Mauer mit einer eisernen Tür.

„Das könnte die Stelle sein, die der Lichtstrahl bedeutet hat!", sagt die Retterin abwägend. Nach kurzer Musterung der Mauer und der direkten Umgebung stimme ich ihr zu und nach einem Augenblick dringt schwach eine Melodie aus Augusts Flöte als Bestätigung zu uns herüber.

Wir ziehen uns in einen gegenüberliegenden Torbogen zurück, um auf August und Wo-Tan zu warten.

Während der gesamten Zeit, in der wir die engen Wege und Gassen durcheilt haben, ist uns keine Menschenseele begegnet und auch jetzt zeigt sich nirgends Leben.

„Das scheint eine verlassene Stadt zu sein, eine Geisterstadt", stellt die Retterin fest, „die Häuser und Gassen sind verwahrlost, der Zustand vieler Gebäude zeigt Verfall."

Nach einiger Zeit erscheint Wo-Tan und läuft freudig, ihre Nase am Boden, auf uns zu, gefolgt von August, der seine Flöte in der Hand hält.

Das Amulett zeigt das volle Pentagramm!

Still, mit einer gewissen Andacht betrachten wir die Mauer mit der kleinen, unscheinbaren Eisenpforte. Hinter ihr liegt also das große Geheimnis. Hinter dieser alltäglichen Pforte schlummert der bedeutsame, sagenumwobene Ort der Architektur- und Geistesgeschichte. Hinter dieser Pforte wartet unser Lebensziel auf uns?

Im Moment kommt mir die Situation, wir stehen vor der Mauer mit der Eisenpforte, gänzlich unwirklich vor. Wie ein Tagtraum erscheint mir alles: August, Wo-Tan, die Retterin und die Pforte.

Unschlüssig schauen wir auf das verschlossene, eiserne Viereck. Eine enorme Anspannung liegt über uns.

Es ist die Angst vor dem letzten, dem allerletzten Schritt. Die Angst davor, dass sich die gehegte Erwartung, die sich in all der langen Zeit wie ein Berg aufgetürmt hat, vielleicht nicht erfüllen, dass das Traumbild von der Wirklichkeit zerstört, zunichte gemacht wird. Die Angst, dass das hehre Ziel sich als belanglos herausstellen, dass es, vom Wunschdenken entkleidet, uns mit einer schweigenden Nichtigkeit verspotten wird.

Es ist aber auch eine gewisse Ängstlichkeit davor, dass das Leben, das wir so lange geführt haben, enden wird, dass es vorbei sein und möglicherweise Leere hinterlassen wird.

August setzt aus Nervosität seine Flöte an den Mund, als plötzlich mit einem lauten Krachen die eiserne Pforte, von einer unbändigen Kraft aufgestoßen, aus ihren Angeln uns entgegenfliegt. Knallend landet sie im Staub.

Ein dunkler, gewaltiger Körper tritt uns entgegen: es ist der Gorilla! ... Mit zusammengekniffenen Augen, die Zähne gefletscht, die gewaltigen Muskelpakete gespannt, steht er vor uns: unbeweglich ... bedrohlich ... eine furchteinflößende Kampfmaschine.

Da ertönt eine sanfte, ergreifende, heiter beschwingte Melodie aus Augusts Flöte. Die Töne schweben zart in der Luft, umfließen uns und den Gorilla, unseren alten Bekannten - unser  Buch hat er übrigens nicht dabei! Seine Gesichtszüge glätten sich, verlieren ihren verbissenen Zorn. Seine Augen weiten sich und leicht öffnet sich sein Mund. Die Anspannung des Körpers weicht einer milden Gelöstheit und er bewegt sich elegant tänzelnd vorwärts, umkreist uns mehrfach munter und zeigt ein freundliches Lächeln. Leichtfüßig dreht er sich im Kreis, hockt sich nieder, richtet sich in fließenden Bewegungen auf und tanzt an uns vorbei in spielerischer Fröhlichkeit. Sich mehrfach zu uns umwendend, entschwindet er langsam in der nächsten Gasse.

August spielt immer noch auf seiner beinernen Zauberflöte, als wir uns auf den Zugang von Y, einer schmalen Treppe, die in einen engen Schacht in die Tiefe führt, zögerlich zubewegen ...

Im Kloster am Hang

„Ich kann euch verkünden, dass wir einen Erfolg zu verbuchen haben:

Y ist entdeckt!

Damit ist der Bann gebrochen und Y von der Macht befreit. Die Macht hat einen bedeutenden Stützpunkt verloren.

Unsere Mühe hat sich gelohnt. Es ist ein kleiner Sieg in unserem ewig währenden Kampf!"

Finale

Hier enden die Aufzeichnungen der Drei. Wir werden nichts Weiteres über Y erfahren, auch nicht, ob sich die Erwartungen unserer Protagonisten erfüllt haben und was aus ihnen geworden ist.

Wir wünschen ihnen alles Gute und hoffen für Wo-Tan, dass die Retterin, die sie so lieb gewonnen hat, nicht aus ihrem Leben entschwinden möge.

Bücher für Kinder und Erwachsene
von Volker Kuhnen
im BoD - Books on Demand Verlag,
Norderstedt:

Die mit den schwarzen Punkten, die mit den roten Punkten und Fritz
Carolus Hoppus und die Musik
Wer hat das Wasser gestohlen?
Herr P. Herr G. und Willi
Im Himmel ist 'ne Menge los
Kubi Fettschwein

Zwei Freunde, fünf Geschichten:
Der Berner in der Grube
Die Mutprobe
Verlaufen
Die List
Die Verschwörung